文庫 22

前田普羅

原石鼎

新学社

装幀　友成　修

カバー画
パウル・クレー『山腹』一九一四年
パウル・クレー・センター蔵（ベルン）
協力　日本パウル・クレー協会

河井寛次郎　作画

目次

前田普羅

原 石鼎

前田普羅

前田普羅句抄

新訂 普羅句集

小伝

大正元年七月はじめてホトトギスに投句す、時に横浜にあり。爾来大正九年又は十年頃まで断続して投句せしやに記憶す、ホトトギスへの投句は生涯の最初にして又最後の投句なり、大正十三年五月職務のため灰燼の横浜より未知の越中に移る。越中移住後は俳句の機会多かりしも、職務繁多のため之れに傾倒する能はざりき。昭和四年末「辛夷」の経営に当る、且つ越中に移り来りて相対したる濃厚なる自然味と、山嶽の偉容とは、次第に人生観、自然観に大なる変化を起しつつあるを知り、居を越中に定めて現在に至る。

「わが俳句は、俳句のためにあらず、更に高く深きものへの階段に過ぎず」と云へる大正元年頃の考へは、今日なほ心の大部分を占むる考へなり、こは俳句をいやしみたる意味にあらで、俳句を尊貴なる手段となしたるに過ぎず。

「都会人は大自然より都会に隠遁せる人」と思へるに、自分を目して「越中に隠遁せり」と云ふ都会人あり、終に首肯し能はざる所なり。

昭和九年六月八日夜

越中、上新川郡、奥田村にて

前田　普羅

自大正元年八月至同十三年四月

面体をつゝめど二月役者かな

如月の日向をありく教師哉

春更けて諸鳥啼くや雲の上

春尽きて山みな甲斐に走りけり

石ころも雑魚と煮ゆるや春の雨

春雪の暫く降るや海の上

雪解水どつと〻落つる離宮かな

武州金沢某旗亭

春雪に盲ひし如く閉しけり

雪解川名山けづる響かな

月出で、一枚の春田輝けり

我が思ふ孤峯顔出せ青を踏む

乾坤の間に接木法師かな

さし木すや八百万神見そなはす

絶壁のほろ〳〵落つる汐干かな

騒人の反吐も暮れ行く桜かな

花を見し面を闇に打たせけり

花人帰りて夜の障子を開きけり

傘さして港内漕ぐや五月雨

片富士の雪解や馬に強薬

潮蒼く人流れじと泳ぎけり

濛雨晴れて色濃き富士へ道者かな
鮓なる、頃不参の返事二三通
好者の羽織飛ばせし涼みかな
水打たせてなほたれ籠る女房かな
水打つや明らさまなる唖な蟬
信者来てねぎらひ行くや蚊火の宿
月さすや沈みてありし水中花
舟遊の下りつくせし早瀬かな
人殺ろす我かも知らず飛ぶ蛍
若竹に風雨駆けるや庭の奥
夏草を搏ちては消ゆる嵐かな
萍《うきくさ》に膏雨底なく湛へけり
萍に伊吹見出で、雨上る
向日葵の月に遊ぶや漁師達

新涼や豆腐驚く唐辛
夜長人耶蘇をけなして帰りけり
慌しく大漁過ぎし秋日かな
膝折の蜱《こほろぎ》も啼け十三夜
いづこより月のさし居る葎《むぐら》かな
秋の雨盲めざめて居たりけり
有る程の衣をかけたり秋山家
秋山に騒ぐ生徒や力餅
さゞめきて秋水落つる山家かな
秋出水乾かんとして花赤し
秋出水高く残りし鏡かな
大皷懸くれば秋燕軒にあらざりき
盗人とならで過ぎけり虫の門
虫なくや我れと湯を呑む影法師

落ち〳〵て鮎は木の葉となりにけり

山寺の局造りや鳳仙花

人の如く雞頭立てり二三本

しか〴〵と日を吸ふ柿の静かな

葛の葉や飜るとき音もなし

赤々と酒場ぬらるゝ師走かな

山辺より灯《ひとも》しそめて冴ゆるかな

初めて虚子先生に見ゆる日

喜びの面洗ふや寒の水

武士の寒き肌や大灸《やいと》

勧進の鈴きゝぬ春も遠からじ

富士裾野

鷹とんで冬日あまねし竜ケ嶽

どさ〳〵と夕日に落ちぬ塔の雪

農具市深雪を踏みて固めけり
荒れ雪に乗り去り乗り去る旅人かな
雪垂れて落ちず学校はじまれり
大いなる手に火のはねる火鉢かな
干足袋を飛せし湖の深さかな
病む人の足袋白々とはきにけり
がぶ〳〵と白湯呑みなれて冬籠
年木樵木の香に染みて飯食へり
湖を打つて年木の一枝おろされぬ
寒雀身を細うして闘へり
落葉して蔓高々と懸りけり
獅子舞や戯《ざれ》絵《ゑ》ふせたる机辺まで
藪入に鯛一枚の料理かな
藪入に餅花古りて懸りけり

自大正十三年五月至昭和五年十月

オリオンの真下春立つ雪の宿
雪五度立春大吉の家にあり
立春の暁の時計鳴りにけり
卵売り春の寒さを来りけり
雪つけし飛騨の国見ゆ春の夕
高らかに堰の戸開けぬ朧月
春曇り鳩の下り居る山路かな
行く春や大浪立てる山の池

小矢部川

瀬頭に打込む春の光かな
一すぢの春の日さしぬ杉の花

浄蓮寺句会夜に入りて果つ

海山に春の星出て暗きかな

親不知を通る

春の海や暮れなんとする深緑

種俵大口あけて陽炎へり

啼き立て、暁近き蛙かな

柊の一枝ゆるがし囀れり

高らかに鶯啼けり杉林

鳶烏闘ひ落ちぬ濃山吹

蔓かけて共に芽ぐみぬ山桜

竹林に椿折る人の声すなり

椿折る人の手見ゆる夕かな

虞美人草のしきりに曲り明易し

大寺のうしろ明るき梅雨入かな

梅雨風や濁りて懸る金魚玉

日もすがら木を伐る響梅雨の山

梅雨の海静かに岩をぬらしけり
梅雨晴や鵜の渡り居る輪島崎
立山のかぶさる町や水を打つ
昨日より日除をしたり農学校
油蟬朴につうりて鳴かざりき
町を出てみな高声や蛍狩
病葉や石にも地にも去年のやう
西瓜食ふやハラリ〱と種を吐く
花更へて本積みかへて夜寒なる

昭和大礼

行秋や人上り居る奉祝門
行く秋や隣の窓の下を掃く
白々と縁にさし来ぬ後の月
枯松の頂白き月夜かな

二三人木の間はなるゝ月夜かな
月照るや雲のかゝれる四方の山
郡長の来て歩きけり下り簗
簗くづす水勢来りぬ石叩き
とめどなく崩るゝ簗や三日の月
戸一枚明けて子規忌の出入りかな
厠遠しかの蜱の高調子
かへり来て顔みな同じ秋の蜂
拾ひ来て畳に置きぬ丹波栗
曼珠沙華無月の客に踏れけり
冬至湯の煙あがるや家の内
春を待つ商人犬を愛しけり
雪折に狎れ住む春の隣かな
時雨るゝや水の流るゝ竹林

雪卸し能登見ゆるまで上りけり
雪垂れて我が家ともなし夕日影
冬山や径集りて一と平
遅参なき忘年会の始まれり
山祇の出入の扉あり雪囲
冬ごもる子女の一間を通りけり
寒鮒の釣り上げらるゝ水面かな
御涅槃のかたきまぶたや雪明り
枯木宿カラタチの実の見ゆるなり
寄生木と鳥籠かけぬ枯木宿
肩出して大根青し時雨雲
雪の戸にいつまで寝るや御元日
うしろより初雪ふれり夜の町
人日や読みつぐグリム物語

昭和五年十一月

秋の夜を灯さぬ鮎の名所かな

渋鮎の着きし厨の真暗がり

葉のかげも葡萄のかげも月の下

宮様の道に影さす葡萄かな

同年十二月

稲雀淀を渡りて来りけり

越中、岩瀬野

鴨の海二羽づゝ立つてあともなし

神の留守立山雪をつけにけり

昭和六年一月

鰤網を越す大浪の見えにけり

同年三月

奥山の芒を刈りて冬構へ

同年四月

国泰寺　二句

雪折をあつめ来りぬ雪の上

三冬の雪折かぶる勅使門

雪山に雪の降り居る夕かな

草焼いて人やすらへり鴻の台

同年五月

花人のかへり来る星の真下かな

山吹のまださかりなり又来たり

同年六月

あじさゝの渡れる空のつばくらめ

越後、上路村

山姥の渉りしあとの雪解かな

氷見、宇波村祭　二句

厄祭浦々かけて遅桜
蕗畑厄神獅子の通りけり
夕蛙若布刈も聞いて居たりけり

清水港

エムプレス新茶を摘んで灯しけり
方寸の壺にあふるゝ新茶かな
サラ〳〵と和尚がこぼす新茶かな
夏蜜柑肩にあたるをもがんとす
浜名湖や五月曇りに山並ぶ
猫の親屑茶の上を歩るきけり

名古屋城拝観

青あらし天守に登る草履あり

京都駅頭に佳山禅士を見る

京に来て食はんと思ふ夏菜かな

妙心寺小方丈

雨やみて初雷やみて夜明けたり

同年十一月

郭公の翔りぬけたる桐の花

札幌植物園

二三本蕾向け合ふアイヌネギ

門入れば直ぐ閑古鳥居る木あり

尾去沢を立つ

陸中の田植を見たり帰へらなむ

夏草を毟るトマトのほとりかな

晒井の水を童女は渡り行く

井浚ひの始まる萩を束ねけり

八月三十一日独居

葛かけて黒部の端山そゝり立つ

かげろうの来てさわがしき障子かな
空蟬のふんばつて居て壊はれけり
鳥山にいそぐ二人の背なか見ゆ
萩の実を三四合ほど掃きよせぬ
枯わらびつかんで登る秋の山
秋山やヒカゲノカヅラ露しとゞ
雨ためて竜胆花を覆へす

同年十二月

一ともとの落葉する木に二三軒
落葉して杉あらはるゝ山路かな

昭和七年三月

鹿苑寺早春の風わたり行く
春雪に面あぐれば鷹が峯

一休寺

春早し腰高障子ひし〳〵と

同年四月

茎立て、からし菜雄々し勇し、

からし菜が濃緑に夜や明けぬらし

からし菜に直ぐ積りけり春の雪

からし菜や折りて揃へてかさ高し

同年六月

山吹や根雪の上の飛騨の径

山吹の中の二日を春祭

山吹の一枝にかゝる水勢かな

山吹や諏訪の工女の運動会

花の雨ふりて人来ぬ峠かな

苗田水堰かれて分れ行きにけり

風おちて静かな田植月夜かな

蹄鉄かへて馬があるけり田植風
芍薬の蕾の玉の赤二つ

同年八月

草刈が入りてかへらず登山径
梅雨晴や樹を折り遊ぶ女学生
斑猫の王が交りて山しづか
頂に鷺がとまりぬ梅雨の松
梅雨茸をでかせし家の青簾
葛少し芒にからみ梅雨あがる
湖に夏草を刈り落しけり
ゑご船の漕ぎて散らばる梅雨の海
ゑご採の蓑笠ありく終ひ梅雨
鵜が渡る岬の下の梅雨にごり
荒梅雨や山家の煙這ひまわる

梅雨あけて奥の山より一つ蟬
暁の蟬が聞ゆる岬かな
奥能登や浦々かけて梅雨の滝

同年十月

稲光り秋の祭が来るちふ
十ばかりありありと思へり種茄子
氷室守出て来て径を教へけり
氷室までぼう〳〵としてエノキグサ
氷室守清き草履のうらを干す
鳳仙花昨日の如く散りてあり
年よりが四五人酔へり秋祭
静まりて獅子は帰りをいそぎけり
山川や神輿について獅子かへる
くた〳〵と獅子がへたばる獅子の宿

同年十一月

虚子先生小恙、枕頭にあり

秋光をさへぎる銀の屏風かな

夜長灯や只の御茶屋の女人堂

高野奥の院

早紅葉の散りてかゝらぬ墓はなし

鼬《いたち》川菊つくる家両岸に

昭和八年一月

冬山や帽子をはらう栂《つが》の枝

枯れ澄みて落葉もあらず黒部川

布団干す名畑の山を渡り鵙《もず》（名畑——越中加賀の境にあり）

同年二月

冬の海久能の落葉掃きおろす

春の雪木津の竹藪ぬらしけり

竹瓮あげ放生川にあらはるゝ
沈みたる竹瓮が濁す水の底
竹瓮あぐる人にかぶさる男山
冬川や男山よりはなし声

円福寺江湖道場接心

昼を芹雑炊が焦しけり

同年五月

耕人君病中見舞

越中の花菜はさかり雪は白し
春雨や浪あげて居る虻が島

同年六月

岡崎藍田翁邸に遊ぶ　二句

春光や人起きぬ間に椿落つ
花の影藍田翁を見たりけり

杏子居

夏に入るどこの板戸の鳴るなめり
夏山や二三枚の田を頂に
浅葱に夏鶯をきゝにけり

同年七月

旅人の腰かけて居る御蚕の宿
雷鳴つて御蚕の眠りは始まれり
飛魚の入りて輝く鮪網
飛魚をバタ〳〵呉れぬ鮪船
鯨捕り黒き腕に夏羽織
田祭や深き茶碗にあづき飯
田祭や草木を渡るあゆの風

同年九月

夏草に温泉宿はかくれけり

磐梯のうしろに並ぶ梅雨の山
安達太郎《アダタラ》の梅雨も仕舞や甘草花
尼乗りて梅雨うつ窓を閉しけり
梅雨寒や尼の肋骨数うべう
夏霧や四つ手かぶさる夏井川
ひるがほを踏みて眺めぬ塩屋崎

盛岡市を歩す

日ぐらしに一片の雲岩手山

八幡平登山　四句

馬の客オ、イタドリに触れて行く
馬飼も馬柵して仕めり竹煮草
鬼ケ城夏鶯の遠音して
夏空のいよ〳〵遠し鹿湯越

故耕人君を憶ふ

まざ〳〵と夢をつゞけぬ月の蚊帳

越中放生津潟祭　四句

鯔《ぼら》とんで二上山をいづくとも
花火船かへり来れり鯔の暗
むら〳〵と雀が通る夕立晴
花火殻落ちて浮べり鯔の暗

同年十月

鮎落つる水来てかしぐ雄神橋
渋鮎を焼く入口の炉をまたぐ
鮎落つる水勢きこゆる二階かな

昭和九年一月

黄葉して忘られてあり毒うつぎ
赤潮を越してなほ漕ぐ鯊《はぜ》の舟
二三尺てぐすが見ゆる鯊の潮

大仙陵照らず曇らず鯊釣るゝ
三たび餌を盗みし鯊の釣れにけり
萱刈りが下り来て佐渡が見ゆるてう
眠る山佐渡見ゆるまで径のあり
萩枯れて芒は枯れて佐渡見ゆる
佐渡を見る人来て座はる枯芒
冬日ざし生瀬の駅は藪のかげ
いぬつげの黄葉の下の有馬径
有馬川今年の落葉流れ行く
大阪に三日月あがり日短かし
かんすげのかぶる落葉を滑りけり
時雨るゝや淵瀬変らぬ黒部川
明るしや黒部の奥の今年雪

鐘釣温泉

枯羊歯や人にさわりて流れ去る
大雪となりて今日よりお正月

同年三月

雪割りの指揮の棒切雪に置く
雪を割る人に夜は更け明るけれ
煤たれて春立つ窓に幾吹雪
雪を割る人にもつもり春の雪

同年四月

探梅の人が覗きて井は古りぬ
探梅の人が折り行く岸の芦
春の水さして邑知潟見えそめぬ
竹を伐る人にやむなし雪解雨

同年六月

新樹かげ朴の広葉は叩き合ふ

春寒浅間山

旅人は休まずありく落葉の香　普羅

序

こゝに謂へる言葉は、本著と共に三部作をなす『飛驒紬』と『能登青し』にも謂ひ及さるべきものである。『春寒浅間山』が浅間山の麓で作られた句をのみ集めたる如く、『飛驒紬』には飛驒の山谷にて作られた句を集め、『能登青し』には能登の浦曲のこゝかしこにて作られし句を集めた。かく句集を国別に、詳しく云へば地形区劃的に区分して、世に送るのは久しい希望であり、個人句集としては恐らく最初のものかと思ふ。これは単に新奇を求めんがためでは無く、長い間の著者の生活を支配し来れるものから出発したのである。

自然を愛すると謂ふ以前にまづ地貌を愛すると謂はねばならなかつた。此の山は、此の渓谷は、此の高原は、何故にかく在らねばならなかつたかと思つたのが其れである。それにはいづれにしても其の在るが儘の姿の依らざるを得なかつた理由がある。それらの地貌は地球自らの収縮と爆発と、計るべからざる永い時てふ力もて削られ、砕かれ、又沈澱集積されたる姿である。その地形は風をさへぎり水を阻み、風を呼び水を招き、其処に各独自の理想を有する地形が出来上つて居た、一つ一つの地塊が異る如く、地貌の性格も又異ならざるを得なかつた。空の色も野山の花も色をたがへざるを得ない。謂はんやそれらの間に抱かれたる人生には、地貌の母の性格による、独自のものを有せざるを得ないのである。

それを見それを知れる者は、事も無げに、自然と称へて一塊又一塊の自然を同一視する事が出来ないのである。国々はかくて一つ一つの体系である。裏日本の雪で育てられた俳句と、表日本の明るさが与へてくれた俳句を、一枚の紙に並べ書いて見るのは、到底著者の堪へ得るものでは無いのであつた。『春寒浅間山』と『飛騨紬』と『能登青し』とを生んだ各地貌は、これ等の著者にとつては少年の夢であり、又現在の生活の行はるゝ地貌でもある。同様に此の三部作以後の句集も、地形的区分の句集として発表せらるゝで有らう。且つこの以前に於て作られたる俳句も、この理念に依つて区分せられて纏められるであらう。

これ等の著を携へて句会にのぞみ、座右にして運座句の参考にせらるゝ如きは著者の最も苦痛とする所である。人はこの小著を読み了へた上は、只、これを懐にして気まゝに欲する所を逍遥さるるがよい。又座右にしてうち眺め、又は座右にありてふ事を知つてゐるだけで、多くの安らかさに浸ることが出来るであらう。人々は著者と共に在ることが出来、著者と共に地塊の表面の深甚なる美妙に逢着することが出来ると思ふからである。又本著に於てもなされたる如く、過去に於ける凡ての句に就て必要ありと見れば改作を施さんとする。元より只今の心を以てするの改作であつて、曾てのものを凡て非なりとしたのでは無い。従つて将来の著者の句集は世の多くの句集がそうであつた如く、単に過去の句々を累積したものでなく、謂ふところの書き卸し句集として見らるべきであらう。この仕事は無上に楽しい仕事である。三十余年の句に対して改作の心を馳する時、著者は三十余年の若返へりをおぼへるのである。かゝる事が批難せらるゝ事も有り得やうが、著者はこれに依つて全生活の不断の進展を促し得ることゝして、重大なる意義を認めて居るのである。

大正十二年九月一日関東大震災には、横浜に於て生命を残して他の一切の物を失つた。去年八月一日又富山に於て、戦災のため、二十三年間の集積による書籍を焼失した。物好きなとは自ら発せざるを得ない自嘲的な言葉である。自嘲的にならざるを得ない此の淋しさは、かゝる若返へりに依つてのみ慰めらるゝのである。深切なる心を以てこの仕事に当る時の著者の楽しさは、旧句が早くも伝へてくれた。

山吹を埋めし雪と人知らず

昭和二十一年二月九日

前田 普羅

浅間の巻

山麓

落葉松に焚火こだます春の夕

裾野の夜

春星や女性浅間は夜も寝ねず

春の宵噴煙の香を横ぎれり

浅間山きげんよし春星数ふべく

春の宵北斗チクタク辷るなり

浅間冴え松炭燃ゆる五月の炉

ひえぐと浅間がすわる春の宵

春星を静かにつゝむ噴煙か

狐舎の灯を木の間の闇に見て寝ねつ

狐舎

つかの間の春の霜置き浅間燃ゆ

有明に狐飼ふ子の春明くる

木の芽の香燕々われに飜へる

雉子《きぎす》啼き轍くひこむ裾野径

昨夜木の芽の庭に見たりしはこの家の灯なり

灯の下に寝ねしは誰ぞやよべの春

春霜満地銀狐の餌はきざまるゝ

鬼の押出し

熔岩《ラバ》の瀬に径逡巡とかげろへり

鶯の下りて色濃し熔岩の盤

朝凪ぎし熔岩の滝津瀬蝶わたる

熔岩をありく

女性浅間春の寒さを浴びて立つ

浅間なる煙が染むる春の雪

栂の芽や法衣さびたる浅間山

浅間山涸沢かけて春躑《ち》躅《ちゅう》

春の雪下りて噴煙北を指す

山麓温泉

雉子啼く浅間がくれに菖蒲の芽

浅間山巽の水に山葵畑

沓掛町

つばくらめ飛び交ひ霜は花咲けり

巣籠りの燕に見呆け日焼顔

巣籠れる妻の燕は巣にあふれ

巣籠りの妻より瘦せて飛ぶ燕
沓掛のつばめ早起き朝菜摘み

旧中仙道をひとり東に向ひて歩む

吾妻の人と別れて蝶を追ふ
落葉松に高音鶯うしろ向き

熊野権現

春立ちし国々の上の浅間山
浅間燃え春天緑なるばかり
春雲のかげを斑に浅間山
春の天浅間の煙お蚕のごと
われと居て霞に堪ゆる浅間山

日本武尊の御遠征を偲び奉る

国原の霞の中に皇子の道

鎌原《カンバラ》村

黒き翼からまつの海くゞるなる
慈悲心鳥おのが木魂に隠れけり
一すぢの径を浅間へキジムシロ
落葉松の珠がほぐれし去年の径
若葉して人に触るゝや毒卯木
浅間山蟹棲む水の滴れり
浅間なる幾沢かけて遅桜

新鹿沢の夜

山吹や昼をあざむく夜半の月
藤咲ける襞も夜明くる浅間山
高原の温泉匂はず梅雨入り月
花は飛び浅間は燃ゆる大月夜

裾野は五月

浅間田の月夜を騒ぐほととぎす

広々と径をゆづりぬ親子馬
瑠璃草やしと〳〵曇る浅間山
畦塗るや聖牛角を正しをり
浅間こす夕日に追はれ畦をぬる
水させば蛙ゐるなり浅間の田
浅間山月夜蛙にねざめ勝ち
掻き了へし鎌原の田の月夜かな
浅間なる照り降りきびし田植笠
ぬけ出で、蛙のあがる田植笠

浅間に向ふ

霧こめし滝かゝり居り妙義山
うつろなる燕の巣あり古壺のごと
駅長の歩みきこゆる夜霧かな
炭竈のみな煙りをり秋の雲

三原にて

絶壁に吹き返へさる丶初時雨

蛾と落葉

昭和二十年十月三日朝、軽井沢駅頭に蛾の大群の死せるを見る、なほ生きて天に翔けんとして手足もて空を掻く。

顔見せて裏がへしなる大蛾かな

大蛾舞ひし夜も遠ざかる軽井沢

貴族某の来る日なりと

うらがへし又うらがへし大蛾掃く

舞ひ済みし大蛾もまじる落葉かな

鳩の湯

大蛾舞ひ小蛾しづまる秋の宵

蛾の入りし袖におどろく宿浴衣

炭焼も神を恐る丶夜長かな

浅間越す人より高し吾亦紅
もえあがる毒卯木あり浅間越
きり〴〵す鳴くや千種の花ざかり

流霧

霧迅しサラシナシヨウマ雨しづく
瘤山にぶつかる霧の渦まきて
瘤山も浅間も霧に逆らへり
ひとゝころ八千草刈るや浅間山
吾亦紅枯首あげて霧に立つ
草刈も伏猪も霧にかくれけり
きりしづくして枯れ競ふ千種の実
石上の長柄の鎌も霧がくれ

河原の湯

昭和十九年一月十九日、其の「湯かけ

祭」の神事を見る

空山の常盤木に神いましけり

温泉の神の出で行きませし落葉の香

襟巻の中からのぞく夕日山

寒鯉や日ねもす顔を突き合せ

空谷のわれから裂くる氷かな

寒鯉の居ると云ふなる水蒼し

上つ毛や風花おろす山を並め

白根の巻

三原の宿

山吹の中に傾く万座径

万座より落せる水の白菖蒲

落葉松に慈悲心啼けり白根の尾

春山の上に顔出す湯治客

中居屋に入る

春の月さしこむ家に宿とりて

春昼

松蝉や白根颪に鳴き揃ふ
尾根を越す柳絮の風の見えにけり
ある時は柳絮に濁る山おろし
人に来て人に触れざる柳絮かな
ひとすぢの柳絮の流れ町を行く
白雲の妬心にかくす春日かな
奥山の枯葉しづまる春夕
独活《うど》掘りの下り来て時刻をたづねけり
春昼や古人のごとく雲を見る
この池は菱とりの池菱若葉

蛙なく入山村の捨て温泉かな

牡丹祭

花小さき牡丹に祭来たりけり
牡丹切る祭心はたかぶりぬ
梅酒に身を横たふる松の風
葉がくれて月に染まれる牡丹かな
大空に牡丹かざして祭すむ
芍薬の蕾をゆする雨と風

人謂ふ、今年の麦は質よし

戦するふんどしかたし今年麦

細径深春

深山藤蔓うちかへし花盛り
奥山に風こそ通へ桐の花
人来れば驚きおつる桐の花

雉子啼くや月の輪のごと高嶺雪
霧満ちて春鶯囀のやみにけり
春風に松毬飛ぶや深山径
花桐や越後の山に雪たまる
夏至鳥や啼くにも倦んで枝うつり

幽谿採蕨

蕨採りいこへば巌もくぼみけり
蕨採りいくたり石に吸はれけむ
奥山の径を横ぎる蕨とり
蕨採り雲に隠れて帰りこず
蕨とる人を眺むる巌の上
蕨とりこの径入りぬ我も行かな
ぐつたりと掌にまがりたる蕨哉
厨なる蕨の上に金指環

麻大黄

栗生の山に麻大黄を植う、不幸なる人に施薬のためなり

大黄の疎枝大葉も尊けれ

大黄の広葉にたまる五月闇

大黄のかざす広葉に雨さわぐ

麻大黄おのれがこぼす花の音

広葉もてうなづき合へり麻大黄

栗生の神

蝶孵り祇の大前よぎりけり

ひら〳〵と蝶孵り踏むべかりける

郭公の啼きしと思ふ栗生の山

萌え出づるヒトリシヅカを此処彼処

官舎加島邸の庭にて　二句

足音の迫るをきけり接木人

松の花いつしか積る客の靴

四万街道

渋川を発つ、昭和二十年九月二十七日

落水の利根がかなづる夕かな

中之条町着

秋雨やいづれを行くも温泉の道

吾亦紅くらし指す人もまた

折田なる香雲居に入る　宵祭なり

這ひ出でし南瓜うごかず秋の暮

四万川の瀬鳴り押し来る秋の雨

ラン〳〵と秋の夜告ぐる古時計

祭子の装なりぬ秋燈下

わがための火燵方四尺なり

初炉の火いくたび継ぎて春のごと

小豆鍋しばらくたぎつ初炉かな
たのめ来し折田泊りや秋の雨
名月の色におどろく旅寝かな
四万川に一樹の栗はこぼれけり

田舎は楽し

丹波栗笑みたる下の地主径
昼風呂や千貫めざす薯の主
昼風呂に小野子の片頬夕焼けて
松茸にあらざる木の子歯朶にさし
障子入れて雨の祭の夜となりぬ
豊なる堆肥にゆるゝ祭の灯
踊り子の揃ふ飼屋の虫の声
祭鍋そゝぐ秋水山より来
鍋つけし野川を渉る祭客

奥四万の月にいつまで祭笛
樫の木の蔭も古りけり秋祭

炉辺にありて

榾《ほだ》を折る音ばかりして父と母
母の顔父の顔ある榾火かな

父母と云ふことを思ふ

父母は目出度きことに炉火にあり

神詣

九月二十八日折田神社の大前にて　二句

秋祭蝶々小さくなりにけり
蝶々の木の間はなるゝ秋日かな

神をいさめの踊見んとて成田原に上る

踊り子の踏めば玉吐く沢清水
祭笛四万のさぎりに人遊ぶ

踊見る色傘しづむおかぼ畑
麻ひたす其処より濁る沢の水
群巒《らん》にひとり神なる秋祭
秋祭人語四方の峠より
ねづみ茸もゆる木の間を神詣
頂上や月に乾ける薯畑

秋蝶

うつり行く蝶々ひくし秋の山
秋晴や一点の蝶嶽を出づ
秋山の人に堕ち来る蝶々かな
漂へる蝶々黄なり秋祭
ひるがへる力も見ゆる秋の蝶
蝶々のおどろき発つや野菊の香

土産ぞろへ

旅人が着物に包む蕎麦粉かな
シヤラ〳〵とサ、ゲをこぼす霧の宿
唐黍を焼く火を煽ぐ古ハガキ
唐黍や強火にはぜし片一方

栗生の山

高原にゼンマイ枯れてかぶされり
熊笹のさゝやき交はす狭霧かな
笹竜胆草馬の脊を滑りけり
主人より鳥が知れる通草かな

癩者耕す　三句

顔ふせて植えし葱苗揃ひけり
顔かくす耕し人に秋の風
秋山や人が放てる笑ひ声

蛾と林檎

昭和二十年九月二十九日夜、吾妻川畔の宿にあり、一壺は八分を剰して小酔

舞ひ果て丶旅着におつる大蛾かな
宵闇をはためき出づる女夫の蛾
大蛾きし障子の外の浅間の夜
舞ひ果て丶大蛾の帰へる闇夜かな
破れたる翅もた丶む蛾の踊
夜はふかし翩翻として大蛾の舞
ビロードの夜会服つけ大蛾来
一と踊り命がけなる大蛾かな
女夫なる大蛾の闇も夜明けなん
舞ひすみし大蛾の腹に浪うてり
吾妻の夜は虫絶えて水枯れて
舞ひ果て丶林檎をすべる大蛾かな

大蛾去りし林檎は寂し青磁色

林檎青く山河の情とゝのへり

長き夜や饐えつゝ並ぶ青リンゴ

家に留守せる明子

青林檎むいてかしづく父の酔

又、世相を思ふ

世の中に忘らるゝ頃大蛾去る

草津の宿

昭和十八年一月十七日、楽泉園の人々に小話、盲俳人白葉君を見る

見えぬ目に我を見んとす人寒し

十八日大吹雪、大阪屋に滞留、この月二十三日妻とき死す

ひとり居や映るものなき寒の水

吹雪やみ木の葉の如き月あがる
一と吹雪前山丸く月に澄む

昭和二十年九月進駐軍草津視察

秋晴の白根にかゝる葉巻雲
秋晴や草津に入れば日曜日

後記

浅間山の触手が初めて私にふれてから永い時がたつた。

其れは、中学二年の秋の修学旅行で、上毛三山のうち二山——妙義山、榛名山——を踏破した、と云ふよりも通過した時のことであつた。未明に上野駅前に集合し、その日は上野の国北甘楽郡下仁田町に一泊、翌日は妙義山を越へて磯部泊り、その翌朝は秋雨に降られながら烏川の谷に出で、榛名神社の御前から、榛名湖畔をたどつて伊香保温泉に泊つた。

その日の午前十時頃、烏川の細い板橋を渡つて、一隊が小さく明るい谷に進行中、列の前方から誰となく「浅間山の灰が降る」「浅間山の灰が降る」と云ひ伝へて来る。雨上りの秋空には何も見られないが、紺セルの制服の上には、まがう方なき灰が降り、そして積りつゝある。褐色の火山灰だ。天空を飛んで来た浅間山の触手である。

浅間山の灰が降つて居る

と、立ち留まつて、生れて始めて活火山浅間に触れた心のおのゝぎに耳を傾けたのである。

　子供は大人になり、人間に永い時間がたつたけれど、それ程の時間は浅間山にとつてはホンの瞬き一つの時間にすぎない。今も其の時のやうに燃えつゞけ、噴煙は烏川渓谷の上を、東南武蔵野の方に流れてゐる。

　大正十三年五月十日、私は横浜から越中の富山に赴く途上、軽井沢の高原で車窓からはじめて浅間山の全姿を見るを得た。あそこではうつかりすると、浅間山の威厳にさはる程に低くかつ平凡に眺められる。其の時にそうだつた。浅間山は何処に立つて居るのだらうと、浅間山を前にして浅間山を求めたのである。考へるまでもなく、眼前の大礫堆こそ浅間山でなくてはならなかつた。燃えて居たならば、かゝる愚かしき疑問は起りもしなかつたで有らうに、その時山は休息してゐて、軽すぎる人間の評価を甘受してゐたのである。

　アサマの三ツの発音は、おの〱母音アで了はつてゐるために、大へん感じを明るくする。この明るい銘名は、日本民族ならでは出来ないものである。事実、浅間山は決して憂鬱な姿ではなく、又憂鬱な周囲を持たぬ。軽井沢・沓掛と爪先さがりのくだりになり、小諸までの、素晴らしい眺望の裾野道は、永の流浪で気むづかしく成つた武士でも、鼻唄の一つも唄ひたくなる日本的のものを持つて居る。追分節があの四五里の下り坂で充分な発達を遂げたであらう事は、信じられる。

　越中に移り住んでから六年の間、私は一度も越中を離れなかつた程に忙がしかつた。

　七年目に任を去り、浅間山の前を走せて久々で上京し、それからいくたびか其の前を通つたことであらう。だが、浅間山の北側吾妻川の渓谷はおそらく闇く淋しいものと思つてゐた。数年前、誘はるゝまゝに信濃の上田から鳥居峠を越えて吾妻渓谷に入つた時、もろくも私の想像は破られ、やはりそこも表浅間のやうに明るさに満ち〱てゐることが判つた。そればかりでなく、美しく静かな裾野――六里ケ原――は浅間山の奥殿としての貫禄を見せ、私をしめ殺す程に抱きすくめて仕舞つた。其の後二度三度と入り来る内、この渓谷に多くの友人を得ると共に、終に私は浅間山がふりそそぐ女性にうち勝ち得なくなつてしまつた。あの噴煙すら或時には女性の瞋恚のほむらとしか思へなかつた。日本の山嶽の多くに女性の神々が祀られてあるのは、日本の自然がもつ、人々を温く抱きよせ、又これをはごぐむ美しくやさしい心のしるしの一つで無ければならぬ。日本民族三千年来の理想こそ、直ちに此の女性の又の現顕なる母性でなくしてなんであらう。浅間山は活き威厳と愛憐の心に満ちて燃えつづけてゐる。私は日本的女性の象徴として浅間山に寄りそはんとするものである。

　在富山の安川慶一氏を通じて、偶然に靖文社主南方靖一郎氏を、次で木水弥三郎氏を知るを得た。「春寒浅間山」の出版はこの関係から、木水氏の私の俳句に対する興味と好意とで計画されたのである。昭和十七年五月二十一日南方氏は安川氏に伴はれて始めて富山に私を見られた。越えて八月八日、再び南方氏の来訪を受けた。此の時は大阪の宮武寒々氏と大和の国宇陀の木水氏とが同行された。私は大いそぎで句稿を整理しなければならなかつた。然し先年「俳句研究」に発表された「春寒浅間山」は、あまりに素材的で、あるものには私のものが全く欠けて居た。短かい時間で纏めなければならなかつたので、それは致し方ないとしても、この際全部に亘つて心ゆくばかり改作補修又削除をする事として、私は直ちに取りかゝつたのである。遅々として仕事ははかどらない。癇癪の虫をかみ殺したらしい南方氏の催促の手紙は幾通も来た。

　漸く今年の春、全改作に近い句稿と後記を南方氏に送る事が出来たが、又もや書き直しの必要を感じて、南方氏から其の部分を返へして頂いた。かくて足掛二年がたつた。この間南方氏も此の出版に用ひる純和紙（特製本用）を、越中八尾に求むるため、数回富山に来られ、今年の五月の来訪のあとの如きは、東京からの帰途にあつた私と一緒に、女性の浅間を見るために、吾妻川の渓谷に入り三原に一泊し、真盛りの山つゝぢに彩られた六里ケ原に遊んだのであつた。その後と云へども、私の多忙はこの短かい後記一篇を書かしむるだけの、静かな時間を与へてくれなかつた。つゝましやかに癇癪の虫をかみ殺した南方氏の催促状は、十通に近く届けられた。私とても決して平気で居たわけでは無い。八月十七日午後一気に書いたのが此の後記である。これで安川、木水、南方氏の深い友情に応へられると思つて私はホッとした。活字の配置や、装幀や用紙の選択は安川、木水、南方三氏の案に依る。私にも出版物の装幀や用紙に就てゴテ〳〵と主張する趣味があるけれど、結局はゴテルに過ぎないので単なる素人であるのは依然としてゐる。靖文社の出版物を見ても判るやうに、右三氏の一存に御委せした方が、そして成功を見た方が、どんなに楽しいかを私は賢明にも覚るに至つた。

追記

去年八月八日宮武、木水、南方の三氏が見へられた時、折から病中ながら小康を得て居た山妻が、私達の云ふ「野戦料理」の簡単なる昼食を準備したのを、三氏がことの外に喜ばれたのを思ひ出した。山妻は今年一月二十三日大雪の夕、四年越しの病気に負けて、もう此の世には居ないのに思ひ至り、私は卒然として悲しみにうたれた。

昭和十八年八月十七日　送り火を焚ける夕

普　羅

飛騨紬

序　「奥飛騨の春」前記

吹きつゞく雪消風は、越中の南に立ちふさがる山々の雪を削る。
四月の初、八尾町の郊外に一歩をはなれると、崖といふ崖、畦といふ畦はツクシンボウの林となり、赤肌を見せた畑の畔や、城ケ山の横ツ腹には萌黄色のフキノトウが並び、星のやうなルリイチゲがぽつりぽつりと咲く、四月二十日の曳き山の日が近づくと、風雨の往来もあわただしくなるが、枯葉に覆はれた卯花村の森のかげには、厚い肉質のカタクリの芽が出る。曳き山の賑ひが山の町をとほり過ぎ、気早な町の家で、初夏らしく、紺の香高い暖簾を掛けると、木の芽のかたい雑木林には、コッサ採る人の脊が見へ頭が見へ、古調のオワラ節が静かに流れてくる。

牛嶽、祖父ケ岳、夫婦山、御鷹山、なかなか姿を見せなかつた白木峰、金剛堂山、それらの麓には未だ雪は氷のやうに肘をつつぱつては居るけれど、然し春はあらそへない、去年の初雪の頃からうち絶へてゐた、八尾商人と奥飛騨の人々との取引は、本街道からも裏径からも始められるのである。

奥飛騨の水をあつめた神通川のほとりにはすでに自分も六年を過し、奥飛騨の春を思ふ事も幾度かであつた、やがて汽車は高山町を通り越して、名古屋市と富山市とを結びつけ、新らしい文化の建設のために、奥飛騨のかたちと、やさしい古色とは壊はされてしまうだらう。神通川のほとりに出て南を向くと、春風はそよそよと面をうつ、これこそ、神通川の長い長い峡谷をぬけて来た東海の風なのである、奥飛騨の春はすでに此の風に呼びさまされて居る筈だ、鮎もぐんぐん上つて居る、自分も、神通川の峡谷を遠く上つて、まだ壊はされて居ない奥飛騨に入り、幽鳥の声をきき、濃山吹の花を見よう。

哀弦は鳴る。

その昔、日本風景論を読んだ少年の頃、その表紙に書かれたのは、奥飛驒の春と題した小画であつたのを忘れ得ない、杉と松とでかくされた幽渓に両三枝の山吹は水に反り、巌頭には尾の長い小禽が水を見つめて居た。かくてわが少年の夢は早くもこの時に結ばれ、奥飛驒の春を見得ることは、換ゆるものなき自分の幸福となつて居た、此の夢は、現に自分を越中の人たらしめて、今また奥飛驒の春に歩を運び入らしめんとしてゐる。

哀弦は鳴る、わが少年の夢は現実に結ばれやうとして居るのである。


庭前のツツヂは蕾がまだかたい、椅子を持ち出し、陸地測量部二十万分の地図を案じてゐると、南風はしきりに地図の端を飜へす、アンヅの花は雪の如く散り、足の爪先にはチウリップ、ユリ、キクなぞの芽が日を吸ふて居る。

奥飛驒の春、奥飛驒の春、わがフアンタヂー。


（昭和四年四月二十四日記）

昭和二十一年十一月一日辛夷より書写　前田　普羅

春

雪解

雪とくる音絶え星座あがりけり
雪解風吹くや身をゆる葡萄蔓
人声の谺もなくて飛騨雪解
簗かけし岩もかくる、雪解かな
山吹にしぶきたかぶる雪解滝
商人が来りて歩く飛騨雪解
汽車たつや四方の雪解に谺して

春日

てり返へす峰々の深雪に春日落つ

春の夕

一抹の雪雲はしる春夕日

春の月

雪つけし飛騨の国見ゆ春の夕
肥うつて棚田しづかや春の月

熊笹に虫とぶ春の月夜かな
春の星
乗鞍のかなた春星かぎりなし
青々と春星かゝり頽雪れけり
春寒
春寒し人熊笹の中を行く
春雪
春雪や色濃き杣の雪眼鏡
春雪や神をいさめの赤き幡
残雪
残雪や飛騨番匠は庫たつる
春山
雪つけて飛騨の春山南向き
行春

行く春や旅人憩ふ栃のかげ

蚕

蚕時や雪解を渉り相まみゆ

旅人の腰かけてゐる飼屋かな

鬚つけし商人きたり蚕仕度

蚕仕度斧の箱鞘うち鳴らし

鮎の瀬に漬けし蚕莚流しけり

鮎の瀬は遠音あぐるや蚕仕度

雷鳴つて蚕の眠りは始まれり

春祭

祭して雪解雫を潜りけり

春祭寝雪につゞく二部落

雪解滝かしこみかゝり春祭

金縷梅や杣炭焼は祭顔

寝雪照るや昨日とすぎし春祭

谷々に乗鞍見えて春祭

春炉

春の炉に足裏あぶるや杣が妻

やわらかき杣の子の足春の炉に

種俵

種俵あげたる飛驒の径かな

厩出

頂につらなる雪に厩出し

栃の花

早乙女の一群すぎぬ栃の花

蕗の薹

飛驒暮る、雪解湿りに蕗の薹

山吹

鷹と鳶闘ひ落ちぬ濃山吹
山吹を折りかへしつゝ耕せり
山吹や寝雪の上の飛驒の径

ルリイチゲ

ルリイチゲ春の夕をとざし居り
なだれたる祇の径にも瑠璃一華

花桐

花桐や重ねふせたる一位笠

藤

深山藤風雨の夜明け遅々として
藤さげて大洞《おほぼら》山のあらし哉
ふぢ白し尾越の声の遠ざかる
藤浪に雨かぜの夜の匂ひけり
砧石の落花の藤をうち払ふ

風澄むや落花にほそる深山ふぢ

囀

紺青の乗鞍の上に囀れり

さへづりや二筋はしる平湯径

八重桜

雷とほし頭を垂るゝ八重桜

夏

梅雨

白樺を横たふる火に梅雨の風

梅雨ごもる鳥は色音の揃ひけり

洪水ひきし高原川に梅雨の滝

蚕せはし梅雨の星出て居たりけり

奥飛騨や楠ひともとに梅雨荒るゝ

梅雨ながし静に燃ゆる白樺
空つゆの木蔭色こし丹生の里
梅雨寒やミズナラの葉を吹き返へし
荒梅雨に鶯啼けりヒメコマツ
伐木のひゞき日ねもす梅雨の山
地に下りし蔦の新芽に梅雨さはぐ
梅雨の松百億劫も雫して
梅雨草の花の中なる平湯径
杉の芽のあかるき梅雨の夕かな
青山に遠山かさね梅雨晴るゝ
梅雨鳥の籠りてゆるゝ翠薇かな
梅雨入りや山霧あほつ杣の顔

夏山

夏山や釣橋かけて飛騨に入る

葉桜

葉桜や蓑きて通ふ湯治客

栗の花

むせかへる花栗の香を蝶くゞる

蓑笠に栗の花つけ繭売りに

飛驒蒼し花栗かをり繭匂ふ

新樹

新樹かげ朴の広葉は叩き合ふ

花卯木

顔入れて馬も涼しや花卯木

草餅

草餅の色濃くかたく夜はふけぬ

秋

稗

ハツ〳〵と啼かぬ虫とぶ薙の稗
飛騨人や股稗かしぐかんばの火
人さやぎ飛騨の山稗熟るゝとふ
飛騨人や刈りこそいそげ股稗を
稗刈らな股稗刈らな飛騨山に
稗刈れば霜はさやかに降りにけり
股稗のその身重たく飛騨に伏す

栗

生栗の上の干栗一と莚
美しき栗鼠の歯形や一つ栗
栗の毬山なす道に出でにけり

栃の実

栃老ひて有るほどの実をこぼしけり

あきらめて橡《とち》の実ころげ出でにけり

葡萄

水上に熟るゝ万朶の山葡萄

紅葉

いただきの一枚さわぐ紅葉かな

手ぐられて葡萄の紅葉うらがへし

茸

赤埴に茸山の径十文字

唐辛

かけ足して直ぐ赤らむや唐辛

花芒

花芒平湯の径にかぶされり

下り簗

月に出て人働けり下り簗

下り簗さして径あり石の上

霧

秋霧やしづくとなりて人晴るゝ

霧朝や雫してゐる馬の腹

杣が妻にしづくしやまぬ狭霧かな

秋雨

平湯径よべの秋雨湛え居り

露

水上に置きたる露の流れけり

露とけて韋駄天走り葡萄蔓

雁

昨日今日飛騨とぶ鳥は雁ならし

水上の薙に沈みて雁渡る

渡り鳥

吹きあがる落葉にまじり鳥渡る

夜長

水上に薄雪おりて夜長なる

三日月

簗崩す夜々の水勢に三日の月

月

水上を埋めし雲に月かゝる

月てるや薙の稗畑まさやけく

月てるや雲のかゝれる四方の山

干栗をつかみ食うべる月夜の子

幾月夜干栗甘くなるばかり

稗の月母児の寝屋はとざさるゝ

水上に薙の月夜のつゞきけり
おち果てゝ鮎なき湍の月夜かな
道ばたにくづるゝ簗の月あかり

冬

冬晴

冬晴や水上たかく又遠く

冬日

水上は冬日たまりて暖かし

冬日影

からまつの散りて影なし冬日影
飛驒人の手に背に冬の日影かな

短日

キラ〳〵と栂の緑に日短かし

雪

人住めば人の踏みくる尾根の雪
吹きたまる雪に径たえ鮎の宿
牝鶏はねむり牡雞雪をかむ
霏々として雪積みつるむ鶏女夫
飛驒の山襟をかさねて雪を待つ
飛驒くらし人も歩かず雪つもる
雪おとす樹々も静まり鷽《うそ》渡る
空つかむ冬芽の瓜も雪を待つ
燦爛と松明おけり雪の径
生み添へて疑卵をぬらす雪の鶏
肌すべる月におどろく雪の峰
樹々の雪蹴つて山鳥色つよし

吹雪

鶏つるみ吹雪に顔をそむけゝり
吹雪来ぬ目鼻も分かず小商人
吹雪濃し荒瀬のひゞき遠ざかる
犬行くや吹雪の中に尾を立てゝ
松明はまばたき吹雪通りけり

深雪

鳥とぶや深雪がかくす飛騨の国
吊橋の深雪ふみしめ飛騨へ径
飛騨人や深雪の上を道案内
兵を送る松明あらはるゝ深雪かな
鮎の炉の火かげとゞかず深雪の戸
駅凍てゝ曠野につゞく深雪かな

晴雪

晴雪やうす紫の木々の影

晴雪や雫滝なす笹津橋

霜

厳しさや琅玕折れて霜に伏す
密林にこぼる、炭も霜を着け
一文字にイチイの下枝霜つよし
霜置いてイチイが閉す山河哉
から松のおとす葉もなく霜を置く
霜ためて菊科の葶葶えたる
もろ草やはりつくばかり霜に焦げ
老松のおきたる霜のとくるなり
霜柱ぐわら〳〵くづし獣追ふ
鶺鴒の鋭声に消ゆる霜の花
静かさや枝垂る、松も霜つけて
霜とけて陽炎あぐる深山歯朶

霜どけや漾《ただよ》ふばかり位山

水無神社

神の領大霜とけて濡れにけり

凍

大凍に衆山径を交はしけり

冱《いて》は来ぬ熊は掌をなめもの謂はず

大凍や松をこぼるゝ黄鶺鴒

老松の枯葉を誘ふ凍つよし

水無神社

大凍や棟領尾張よりのぼる

宮峠南望

凍どけの南下りに飛騨古ぬ

雪卸

雪おろす人の面を鶩わたる

雪卸し暮れており立つ深雪かな
暮れそむる奥山見えて雪おろす
雪おろす人の見てゐる遠頽雪

寒山

寒山に谺のゆき、止みにけり

山眠る

帯のごと頽雪どめして山眠る
大いなる足音きいて山眠る
山吹の黄葉ひら／＼山眠る

雪山

頭たれて月に覚め居り雪の山
雪山は月よりくらし貌さびし

冬山

十銭のあきなひするや冬山家

雨ためて冬山の径つくるなし
冬山や径あつまりて一と平
押し合ひて冬山は日を恋ひにけり
色変へて夕となりぬ冬の山

冬の川

渦解きて荒瀬のり越す冬の川

冬水

冬水や一つの渦にめぐり居り

水瘦

水落ちて目鼻正しき巨巌かな
簗の水瘦せて濃藍七曲り

水無の神の大前は神通川の源初にして、
神威かしこく、水も地下を潜る。

水瘦せて水無の神を畏れけり

頽雪

四方の山頽雪のあとを天辺より
頽雪かけて日暮るゝ早し打保《うつぼ》村
遠なだれ山鳥の尾を垂れて飛ぶ
杣がくゞり熊が通れる頽雪どめ

落葉

旅人は休まずありく落葉の香
吐き出して落葉を惜しむ滝の渦
板屋根の泥になるまで楢落葉

草木枯るゝ

稗枯れて月にも折るゝ響きせり
鉦叩きしきりに叩き飛騨枯るゝ
綬をたれて枯るゝや聖者サワグルミ

雪あかり

鮎焼きし大炉の灰に雪あかり

霜焼

鮎の炉や霜焼の子は掌を抱く

炉火

大榾にかくれし炉火に手をかざす

炉の炎杣の白髪も数へらる

炭　水無神社

巫女白し炭をつかみし手をそゝぐ

襟巻

襟巻につゝみ余れる杣の頬

厚着

水上を横ぎる杣の厚着かな

枯芒

枯芒洩れ日あたりてそよぎけり

雪沓

鮎焼きの炉辺の雪沓うつくしき

冬芽

飛驒人の培ふ桐の冬芽かな

木々冬芽凍のゆるみに濃紫

水上や雄々しく太き冬木の芽

越冬

青々と山吹冬を越さんとす

雑炊

雑炊にぬくもり口は一文字

新年

正月

正月の下駄の音する飛驒の峡

正月や杣の遊びのふところ手

松飾

松立てゝ古き馬屋の雀の巣

能登蒼し

序

日本人は裏日本に関しては多くを知らない、其ればかりで無く裏日本の国々が日本の生活に、大きな役割を果して居るのにも気が付かない、忘れて居るのでは無く、全く知らないのだ、又知らうとも仕ない。たゞ越後は美人、秋田は杉の美材で、古くから名には出て居た。ことに越後からは美人の外に毒消売、米搗、角兵衛獅子が江戸へ出廻はり、中でも米搗からは凄い出世したのがあり、江戸時代から東京の初中期にかけて越後屋と白ぬきにした紺暖簾を、市中に多く見かけたのも、此の交渉繁多さを物語るものである。加賀の国も百万石の声富と、加賀鳶とで知れては居たが、越後、越中の間にある親不知の嶮岨は、江戸と加賀との大衆的文化関係を断り放した。

それよりも、之等の地形、交通網の上に覆ひかぶさつた封建的人事がどんなにか、天嶮要害の保持に努力し、出来るだけ一切を神秘と隠匿とに封じこめ、白昼なほ暗き夜の相の下に置いたかは、今でも之等の国々の民家が日光のはいるのをさまたげる様に出来て居るのでも知れる、且つ裏日本の空の闇さと雨や雪は、旅人を阻むばかりでなく、其処に生れた人々さへも、暗い家の仏壇の前に固着せしめ終はつた。

この小文を書くため、数日前津沢の家を出で、古い漁港新湊町の伸風居に来てゐる、幸に雪も小やみとなり、春かと思ふ程に暖かな晴天がつゞき、町の沖に沈んで居る巨大な海溝……（藍瓶）……に潜り込んだ暖流は、町の気温を高め、家根の雪をシト〳〵と解かして居る、伸風居からは海は見えないが、猫のやうな声を出して鷗が窓近く飛んで来たり、夜半に入港する漁船が陸の人を呼ぶ声が平和に断続する、温まつた藍瓶の海水が、冷たい空気の中に水蒸気を上げる、水蒸気は幽霊のやうに立ち上つて、西北風に押されて東南の山嶽に向つて海上を疾走する、やがて藍瓶と大気の温度が中和すると、藍瓶の蒸発はハタと止み、海は真蒼に、立山連峰は真白に、猫鳥が群をなして町の穢を食ひに来る。

新湊町から海上を正北に、五六時間ポン〳〵船で走るなら能登鳳至《ふげし》郡の宇出津《うせつ》か珠洲《すず》郡の飯田港に着ける、又町の西、庄川を渡ると直ぐ氷見郡に出る、氷見郡は能登半島が本州につながる頸の太さの半分を占めて、断岸伝ひにも、又四百メートルに近い峠を越しても、直ぐに中能登の中心に出られ、同時に北に向つて奥能登へも行かれる。氷見郡は越中に属すれども、地形、風土、気温は明らかに能登的のものであり、氷見町から北に宇波村、女良《めら》村をたどると、雪の中にも菜の花が咲く。

故松浦為王氏の、明治末期の句に、

木枯や捨て身に能登を徘徊し

と云ふのがある、私の解する所を云ふならば、木枯頃の能登を徘徊するのは捨身の行為だ、やけのやんぱちになつた人の身と心の象徴として、此の頃の能登が選ばれたのであつた、私達の俳句の作りはじめには此の句の妥当性を認めたのであつたが、矢張り日本人が裏日本に知識を持た無いことの具現された一事実にすぎなかつた。

関東震災の翌年五月、私は任務で越中に来ることになつた、赴任下相談は僅かに五分間ですみ、翌日横浜を発ち越中に来た、相談に要した五分間は、あまりにも自分の運命を決するには、短か過ぎたかも知れないが、五分間に自分の眼底に去来したものは、荒涼たる能登の国であり、雪をかづいた立山であり、また黒部峡谷であつた、次いでまだ鉄道も通つてゐない飛騨の国なのであつた、実は五分間の考慮も長過ぎた、長過ぎた五分間は、自分がそれ等の山海峡谷の姿を、眼底に反芻するのに要した時間なのであつた。

冬が来る、東亜の西高東低の気圧は、日本に不断の西北風を送る、冷凍を極めたゴビ砂漠からの風である、越中の空に雪雲が洶涌《きょうよう》するのは、ゴビ砂漠から水蒸気が来るのでなく、日本海や富山湾に立ちのぼる水蒸気が、北の西北風に押されて、立山連峰にぶつかり、直ぐ雪になつて落ちる姿なのである、富山湾の上空には、急激に温度を失つた水蒸気と、其れに誘はれて上つて来る温度の高い水蒸気とで、烈しい対流の闘争が幾つも出来、そして黒煙のやうに雪雲の中へ、海上から一節の水の通路……(龍捲)……さえ現はれるのである。

能登は雪を知らずに済ませる場合が有り得るのだ、富山湾に雪雲が沸き立つ時、雲の絶間からチラリと能登が見え、明るい冬日の下に僅かに雪をのせ得た宝立山（四六九ｍ）を頂上とした、台地のやうな珠洲郡が積水のはるかに横はるのが見られる、雪に関する此の性格は、珠洲郡に限られるのでなく、能登とし云へば、能登が加賀に接する羽咋《はくい》郡の南部にでも、また前に云つた通り、越中に属する氷見郡にでも発見されるのである、北に断岸と曲浦の継がる氷見郡を、能登国境に近く歩む人は、次第に雪が軟かくなるのを経験するだらう、日本の神話が構成された、南方日本の舞台装置にそつくりな、楠の巨幹や、椿の原始林を潜らなければなるまい、断岸は海桐《とべら》が常緑をかざり、海面には、春ならば何処からとなく飛んで来た桜の花片が浮き、干満のない日本海の好みに随つて、幾日も幾日も漂つて居るのを見ることも出来る。

　冬、能登の北端、輪島崎の岩頭に立てば、乾いた冷たい風は、堰を切つた水の如く人の面を突き、能登の海は遠い沖から白浪を蹴立て、岬を目ざして押して来る、海は雪雲のない青空を映して底まで青く、浪が岸近く飜へる時には海水を透してゞなく海底が見られるのだ、また輪島町の西にある小さな湾……（光浦）……の如きは此の風が押す一つのウネリで一ぱいにさえなる、輪島町は輪島崎のために強い西北風を避けつゝ、古来漆器を作りつゞけて居る、漆器づくりは、清浄を極めた一塵も許さない工房の中で、漆の上に金銀の蒔絵をほどこし、夜のやうに闇い漆の面に星の如くに青貝をちりばめる、そうしてこれ等の工人の間には俳句が永い伝統をもつて居る。

　輪島の海女は、安房の海岸のそれの如く鮟鱇型でなく、三浦三崎のそれの如く、河豚のやうでない、均整のとれた四肢、長い黒髪、海に入るから色こそ黒けれ、とまれ歌麿型美人のおもかげが有る、海女たちは冬の輪島町の旗亭や旅館に働らく、色こそ黒けれ、ひきしまつた筋肉、調和のとれた四肢、濃い黒髪は旅人の淋しい心をなぐさめ得る、取引で来た諸国商人が、逗留を永引かせ、中には完全にこの海女にはまり込むのさへあると云はれる、天井も柱も生漆塗りの静かな一間の炬燵に身をうづめ、西北風と少しの外の粉雪を身に感じながら、冬場稼ぎの素朴な海女に、心をときめかすのも、能登の突端だけになさけ深い。

梅雨頃から輪島崎の一端……（猫の地獄）……の岩畳から、つれ立つて海女が海に潜る、身をさかしまにして沈むとき、長めにまいた腰の白布で、キチンと揃えた両脚をつゝみ、月夜の「ホワイト・シップ」（白船）のやうに、蒼い海に沈む、其の黒髪は、土地の人の謂ふのには、海水に刺撃されてかくも美しいのであると、又島から岩畳に上り来て、頭を包んだ手拭を取つて海水に含んだ黒髪をハラリとほごす、片掌ではつかめず両掌でつかむ一束の毛は、腰のあたりまであつた。

鶚が渡る、かげらうの如く
沖浪すれ〳〵に
高巣山の裾から、輪島町へ
また、光浦を横切つて。

能登半島は、日本海に突き出した腕の手首を東に曲げた形で、掌にあたる七尾湾の中にアミーバのやうな能登島を握る、能登島と能登の陸地とは、北、西、南の三つの湾で隔てられ、三つの湾はさらに小さい岬と浦とでかこまれ、糸のやうに細く鉛のやうに静かな水で通じ呼応してゐる、この水の上には冬には海鼠採の扁舟が滑る、海鼠採は目ざす海面に来ると、長棹を海に突きさして舟を維ぐ、浪は立たず海鼠の寝床はいともしづかで、彼は尾頭も分たず寝りこけてゐる、熊木川口、中島村の店家に、紅紙で封をした青竹入りのコノワタが束になつて出るのも此の頃である、旅人は、腐りかけた古風な宿屋で、九谷焼の小皿からコノワタを酒中に移し、腸酒をこしらへ、その温まつた勢ひで吹雪の中に飛んで出る。

捨身で徘徊しなければならない能登の荒涼さを、私は終に見ることが出来なかつた、且つまたその西北風が物凄いとは云へ、能登の東側では絶対に捨身になる程の事もないのだ。
だが、時には風でひつくり返へつた海水が千切れて、其のまゝ空を飛ぶこともある、そのためか輪島町に多い木造の家は、塩木のやうにシヤレて居る、この風は能登を飛び越し、富山湾の水蒸気を誘つて、立山にぶつかると、立山は冷却の一手で直ぐそれを雪にして叩き落す。かくして雪は越中の山野に積り、全く水分を失つた風が日本アルプスを乗り越へて関東平野に出で、東京人の肌をカサ〳〵にして入浴好きにする、其処へ能登人や越中の人が行つて三助をやり、貯蓄が出来たのが風呂屋営業もやる。それならば夏でも此の西北風が吹くかと云ふと、そうではなく、夏は西高東低の気象配置はくづれ、爽かな東北風（アイの風）が吹く時の外は、南風や西南風がフエン現象を起して失恋のやうに人々を悩殺する。

能登の夏は決して好もしいものではないが、夏のはじまる五、六月の能登は、それに反したゞ優艶であり、たゞ幽玄である、この頃の能登島をめぐる三つの湾は、明らかに海湾の性格を捨てゝ山湖の姿を呈する、新緑は重り合つて、細い水道をうかゞはせないからだ、岬の先には魚見櫓が湖上人の棲家のやうに建てられ、二三人がノンキらしく終日こゝに座つて居る、夕日を浴びた白帆は白鳥のやうに蒼い海面を走り、浦と浦、岬から岬をつなぐ海岸線には、海面から三尺高の道路が執念深く何処までもと沿ふて走る、寺の白壁は海にのり出し、竹林は海面に葉を散らす、魚見櫓の人は、たとひ一尾でも二尾でも、鯔《ぼら》か黒鯛が網に入つたと見るや、櫓を下り、小舟を漕ぎ入れて魚を掬ひとる、そこへ檀家の法事がへりの真宗の坊さんが通りかゝつて、値切り倒して提げて行く。

東海岸、即ち内浦が、かく女性的なのに反し、西海岸には比較的男性的な断岸がつゞいてゐる、羽咋川吐口の砂地には、色濃く香高いハマナス、昼は労れ切つてゐるイザヨヒグサ、とぼけた色のハマヒルガホなぞが咲く、ハマナスの臙脂色とハマヒルガホの寝呆け色とは、御互に色を競ひ又救け合ひ、黄のイザヨヒグサは傍から其の配合の成功を助勢して立つ、海岸につけられた道は、時々海にとけこんで居るので、旅人は古代めいて海水に足を浸さなければならない、断岸に叩きつける大濤を避けて高い所につけられた県道や村道に発育した村々の家屋は、一様に西側に家より高い竹垣をめぐらせる、竹は葉を落しただけの丸竹で、烈しい北風が竹垣に鳴らす虎落笛の凄さが想像されるのである、広い岩礁の端に突然頭をあげた白浪が、岩礁の上を走り、断岸の下まで来て当つて砕け、断岸の横腹に穴をあける、其の大浪の切りこみの一つとして、古い歴史を持つ福浦港がある、福浦は岩と岩の間の土や岩屑を除いた跡の水溜のやうな小港であるが、往古は朝鮮との海の交通の基点であり、近代封建時代には能登地形の特殊な使命……（密貿易）……のための要港でもあつた、船が小さく又少かつた時代こそ、模型のやうな福浦は重要であつたらう。

田植水の剰りは断岸を滝の如くに落ちる、樹木が西日を追つて枝を伸ばそうとするのを、許さないばかりか、西風は潜りきたつた暖流を捲きあげて岸に叩きつけるので、樹木は亡び竹藪が残る、この西北風を避けたせまい谷間に人間が生みつけられ、おとなしい能登人が育てられたのである。

春

竹を伐る人にやむなし雪解雨

山代温泉

駅頭の寝雪に蜆こぼしけり

行春や大波立つる山の池

四月二十九日

春逝くやしきりに枯る丶竹林

神々の椿こぼる丶能登の海

尼の弟子春田に凧を落しけり

浅春や暈日か丶れる槙の枝

加賀に入る

春くるや急ぎなだる丶礪波山

一点の雲のそ丶げる余寒かな

鰯干す宮も藁屋も温かし

立春や一抹の雪能登にあり

春宵の食事了れり観光団

三月十一日加賀橋立村　二句

尼御前《あまごぜ》のかげの杓子菜花盛り

春光や礁《いくり》あらはに海揺るゝ

柴山潟

ごう〳〵と一とき東風の渡る湖

倶利伽羅峠

切株の松脂ひかる春の宵

熊木川

蓬もゆる去年の径あり魦簗《いさゞ》

くこ垣や海女が仮り寝の維ぎ舟

花さして春菜流るゝ熊木川

みなかみに人住み春水濁りけり

接骨木の芽の揃ひたる朧かな

大森積翠居に入る

三たび来て此の春苔に足を置く

熊笹に鰯曇りのつゞきけり

夏

早桃噛んで能登の入江を渡りけり

はじめて積翠君を見る

能登人や言葉少なに水を打つ

午前一時輪島町笹谷羊多楼居に入る、一行六人なり

旅人みな袴をぬぐや明け易し

梅雨晴や鵜の渡りゐる輪島崎

梅雨の海静かに岩をぬらしけり

梅雨晴や北斗の下の能登に入る

手中にみどり褪せ行く早桃かな

内浦めぐり

水うつやはらり〳〵と柏の葉

鶏ののぼれる松も水をうつ
初夏の風遊船岩をはなれじと
えご採りの漕ぎて散らばる梅雨の海
えご採りの蓑着てありくあがり梅雨
鵜は下りて梅雨の濁りに浮びけり
荒梅雨や山家の煙這ひまはる
梅雨あけて奥の山より一つ蟬
早蟬の絶え入るばかり梅雨上る
奥能登や浦々かけて梅雨の滝
土用浪能登をかしげて通りけり
飛魚の入りて輝く鮪網

羽咋川のほとり

能登曇り十六宵草の露しとゞ
ハマナスや能登の目覚めに潮匂ふ

気多神社

月見草白沙を神の御前まで

ヒルガホの平沙に立たせ気多の神

神の森水無月風に槲落葉

高浜町

水無月や滞船ゆるゝ神代川《かくみ》

滞船のひしめき搏つや青あらし

志賀浦村

玫瑰《はまなす》の古江細江に加賀言葉

蟹のぼる桑の老木のたまり水

石伐りのたがね谺す夏の海

蝮《ハミ》打つて蚕飼せはしき母に帰る

蝮打つて能登のほそ径北を指す

望月の乳房あらはに蚕を飼へり

古港福浦

蝮捨てに出て福浦に顔うつる

夏蝶や古江浪立ちタブの蔭

生神村《うるかみ》

松蟬や生神人が田水引く

田植水あふれて能登の崩れけり

夏凪や棚平らかに海士岬

牛下村《うしをろし》

蓬摘み尾上にかゝり能登蒼し

旅人のわれに目をこせ蓬摘み

恋ひこひし蓬つむ子の遠ざかる

珠洲の海

田植雲漂ひ消ゆる珠洲の海

珠洲の海かぎろひ燕ひるがへる

珠洲人やしぶきをあげて苗投ぐる
珠洲人の苗籠のあり捨つるごと

金沢の名菓を贈らる

うすよふのほごれ涼しき長生殿
浦々の水底見えて能登太郎
暁の蟬がきこゆる岬かな

海妖

泳ぎきて閑かなりけり沖の岩
泳ぎ子の去んだる岩の沈みけり
遊船の纜海をあがり来る
岩と波語らうを聞く涼み船
汐さして葛撫子の勢ひけり
遊び舟しばし真葛に維ぎけり

六月三日中島村行

邑知人のゆきゝ隠るゝ蕗畑
独り植ゑひとり上れる深田かな
月見草大輪能登の夜をありく
一輪のおそき牡丹を海女がさす
白鷺にあなどられつゝ深田植
蠣殻の浦々かけて五月闇
奥能登や山吹白く飯白し

六月四日輪島町に旧端午を迎ふ

外海の白波見ゆや竹の秋
河豚ばかりあがれる海の薄暑かな
石採りの石を落すや鯖の海
鯖の海東海に似て石見ゆる
大浪の中に底見ゆ鯖の海
底見えて能登の浦曲の竹枯るゝ

鯖寄るや日ねもす見ゆる七ツ岩

粽結ふ一束の笹深山より

河豚ばかり寄せくる風に菖蒲葺く

六月五日輪島町にて

夏山や鯖の海より色濃くて

僧が買ふ鰡の敷きたる笹青し

能登を越す西風つよし粽煮く

鯖寄るやあけくれ黄ばむ能登の麦

秋

囮かけて能登宝達は安らけし

箒木に月の家つゞく秋の海

山中温泉

紅葉林湯女の唱歌の聞へけり

高々と萌黄の空に夕紅葉
湯女暗し紅葉の下の径に遇ふ

河北潟月見

蚊一つを訴ふるなり月の客
月見舟一すぢの藻の懸りけり
月の水医王あらはに漕ぎ出づる
鴫下りし音に目ざめつ月の酔
鴫下りし月の浅瀬を渉る
笯《ど》の上を漕ぎまはりけり月見舟
月の江や舟より長き笯を揚ぐる
笯は沈む静かに月の水の面
月見舟くゞりし橋を渡りけり
珊瑚珠をつけし下げ緒の捨扇
鳥屋の径熊笹そめて夜明けたり

大榾にほてりて赤き鳥屋親子
掻き立つる人もあかるし狩屋の炉

海女の口笛《をそ》　越前雄島村にて　六句

はるかなる秋の海より海女の口笛
白々と海女が潜れる秋の海
秋風に海女の襦袢は飛ばんとす
編みかへす海女の毛糸に秋白し
秋晴や繻子の襟かけ雄島海女
天高し海女の着物に石を置く

冬

大なるが滑り出にけり鱈の山

ある年の十一月其月会の席上より金沢市なる宝円寺の句会に誘はる、席に大谷句仏氏あり

礪波越すあはたゞしさよ幾時雨
鰤網をこす大浪の見えにけり
鰤の尾に大雪つもる海女の宿
鰤網の見えて港に入りにけり
よき布団目鼻あらはに覚めてあり
浪割るゝ水平線に能登の雪
くゝたちに見る〳〵積る吹雪かな
遊び女も海女も閉しぬ冬の海
寒凪やタブの影おく海鼠の江
棹立てゝ船を停むる海鼠掻き
珠洲の海の高浪見るや海鼠かき
寒凪や銀河こぼるゝなまこの江
能登人にびよう〳〵として吹雪過ぐ
日短かし青貝のごと河北潟

中島村泊り

寒卵かゝらじとする輪島箸

白紙に一と握りづゝ舳倉《へぐら》海苔

能登の海鮟鱇あげて浪平ら

えり巻を外せばしるき能登言葉

方寸の鰤のてり焼きうちかさね

倶利伽羅の西にまはりし冬日かな

鴨たてゝ再びねむる野山かな

実海桐《とべら》をくゞる時雨の響きけり

ユヅリハもアスヒも触るゝ冬の山

汐干ひて干潟につゞく枯野かな

探梅の人が折り行く岸の芦

探梅の人がのぞいて井は古りぬ

大和閑吟集

たつた榧《かや》の実一と袋
吉野の榧を一と袋
道をたかぶる人よりも
榧炙る人ぞなつかしき。

吉野山よりおりくるは
ひとか天狗か恋人か
我は思ひに疲れたり
しづかに落ちよ山の水。

古き昔の飛鳥川
今に流るゝ飛鳥川

今日は雨ゆゑ水かさ増し
淵は瀬となる飛鳥川。

三輪のお山は松ばかり
耳成山も松ばかり
妹山脊山おとしくる
吉野筏は杉ばかり。

長谷の御寺に詣らうよ
われも暫くふだらくや
岸うつ波と歌はうよ
やがて詣らうかの人も。

与楽救苦を疑はじ

千万劫のその中に
願ひは一つ身も一つ
救はせ給へ観世音。

すでに御空も明けぬれば
通夜の弘誓もかなひけむ
長谷の御寺に散る花の
ほのぼのとこそ匂ふなれ。

山廬に遊ぶの記

自分は今山上より落ち来るピアノの声を聞いて居る。ピアノは只断片的の音と旋律とを飛ばして来るに過ぎないが、自分の胸にはまざ〳〵と山嶽の姿が画かれた。此年になつて三度入つた甲斐の山嶽である。蛇笏君の山廬の窓に迫り月の薄明に輝されて居た神秘な山の姿である。それを聞きそれを心に画いて居ると心は涙ぐんで来る。自分はピアノの響いて居る間を此の心の影の記述に費さうと思つた。ピアノは数十分で消えるかも知れない。さうしたら自分も万年筆を置かう。さうして又明夜ピアノが響いて来た時記述を始める事としよう。

自転車を押して居る蛇笏君と竹雨君一布君の兄弟と自分は笛吹川に架した中道橋《なかみちばし》を渡つて堤防を東北に向つて歩を運んだ。昨夜は大雨乍ら賑かな舟遊をして、今は道端に啼く虫の声も心に沁み透る程の静かさの中を歩いて居る。これが本当の自分の天地であらうと思つた。堤防をダラ〳〵と下り境川村に入ると直ぐ余り清潔でない部落がある、高い柿の木の下に一基の句碑がある。

「誰の句碑ですか」

と蛇笏君に訪ねると蛇笏君は竹雨君を顧みて、

「道等《みちら》のでせう」

と聞いて居る。

「句は何んと云ふのです」

と重ねて問ふと、当然知つて居る可き者と心得て居た蛇笏君は、ヅカ〳〵と句碑に近づいて跳龍の如く書かれた句を読まんとした。竹雨、一布の両君と自分も近づいた。四人の知識をしぼつて漸く其の句が、「時鳥どこで聞いても人の上」と云ふ句なる事が分つた時、

「なる程どこで聞いても人の上だ」

と四人思はず声を揃へたが、自分には蛇笏竹雨一布の三君が自分の居村の入口にある、しかも俳人として縁故のある句碑を読んで居なかつた事が不思議であつた。

　此村を通り抜けると境川に架した境川橋の裾に丈高いポプラの木が姿を揃へて居る。境川は大石が磊々としてある許りで一滴の水もない。水は地下を流れて居るのであつた。境川橋を渡り左岸の堤防を遡つて行くと、両側の並木は草叢の中にバサリ〳〵と

木の実を落して居た。

竹雨君の葡萄園が遥か左手の山裾に一劃貼り付けた様に現はれて居る。並木が尽きると開いた桑畑となり茅屋に雞犬遊び桃源の入口の様な所に出た。境川は右手に低く流れ何時か水声の高い渓谷となつて居た。板額坂《はんがくざか》下で竹雨一布の両君と別れ、

「普羅君を驚かしてやらう」

と蛇笏君は板額坂に自転車を押し上げた。小坂ながら、境川村の一要関を為して居るので一寸骨が折れた。坂を上ると右手に境川の渓谷を距て丶山裾一面に段を為した水田の姿は実に美事であつた。小学校を通り抜け再び坂路にか丶ると、急斜面の山裾に石垣を築いた農家の集まりがある。字小黒坂と云つて山廬も此の字の中にあるのであつた。

山中に倉の屋根が見える、倉の前には八九人の少年が遊んで居た。自分と蛇笏君の通るのを見て一斉に遊戯を止めたが中から二人の賢こげな少年が進み出て蛇笏君を見た。蛇笏君の息子達であつた。蛇笏君は、

「御客様だからおとなしくしなくては不可ないよ」

と云ふ。倉の側面を通り過ぎると高い花崗岩の門柱が眼に入る。門を入ると左手にミ

ツチリ青緑の葉を付けた柘榴の樹がある大きな実が幾つも太陽の如く真紅に輝いて居た。玄関に上つた蛇笏君は、

「今帰つたよ」

と声を掛けると襖を静かに明けて現はれたのは蛇笏君の母堂であつた。蛇笏君は笛吹川の船遊の為めに一夜家をあけたのであつた。庭先の樫の巨木の為に暗くなつて居る奥座敷で父君と山廬夫人とに対面した。父君は力強い声で、

「大雨で折角の船遊も興味を殺がれた事、虚子先生も今日山廬に見えらるゝ事と思つた」

と云ふ事を話された。其処へ竹雨一布の両君が再び見え五人は一しきり昨夜の船遊の話を交はして、自分は昨夜の船遊に月なかりしは遺憾であるけれど、大雨の笛吹川を大篝焚いて下つた事は、月以上の興味であつたと云つた。蛇笏君は、

「普羅君の言を決して反語としては取らぬ」

と同感の意を洩したのは自分の真意を汲んだものと自分にも嬉しく感じられた。

折々日影を洩した空はいつか暮れ初め巨幹で暗い奥座敷には蛇笏君等の運動で此の山村にひかれた電燈が灯された。五十燭だと云ふけれど横浜の町で見る五燭程の光力しかなかつた、しかし夫れも山村らしい気分の一つである此の暗い電燈下で四人膳を並べて夕食をした。

食事終つて四人は中庭を隔てた倉の二階に移り打寛いで談笑する事になつた。倉の階子段は可也急で上り切ると其処には二十畳程の座敷が有り虚子先生の書かれた「山廬」の額が高く掲げてある。自分は座敷の両側に座布団を敷いて初めて打寛いだ。自分の背後には低い天守閣の窓の様な窓がある。肘《ひぢ》を掛けると戸が押されて薄暗い外が見えた。此時自分は山廬の客となつた事をシミ〴〵感じた。

山廬夫人が菓子と茶を運ばれた。句を作ると云つて題を選んで居る時自分の背後の窓の下でコト〳〵と足音がした。

「鳳嶺君が来た」

と蛇笏、竹雨両君が合点し竹雨君は窓から首を出して声をかけると、果して鳳嶺君であつた。やがて袴をはいた鳳嶺君はギシ〳〵と音をさせて高い階子を上つて来た。蛇笏君は山国の人には無理かと思ふ「鯊釣り《はぜ》」を席題として出した。自分は「鯊釣り」所でなく今朝四人で山廬まで歩いて来た途中の山水が眼底に燃えて居るので、自分丈は自由に作句させて呉れと申出でた。

自分の眼底には今日見た山水が燃えて居る。しかし山廬を取り巻く山々の姿はモツト自分の心を躍らした。低い山廬の窓を押して見ると直ぐ其処にフン張つて居る春日《かすが》山《やま》、名所山《めうしよざん》は薄闇の中から自分の顔を見た。雲は深いけれど雲の上の十六夜月は薄光を投げて境川村をホンノリと映し出して居る。電燈は点々と見渡す限りの桑畑の間に立つて居る。桑畑が山を上つて行けば電燈も随つて上つて行く。其の電燈をヂッと見詰めて居ると山上に何物かゞ居て自分の魂を呼ぶ様に感ぜられて来た。さうしてなつかしさに涙ぐまるゝのである。

虫が啼く、虫が啼く、山廬を取り巻いて一面に虫の市街である。唯一つ山廬の下に居て無数の声の中から鋭く自分の耳を打つ鈴虫があつた。其の声は限り無く澄んで居て自分が曾て聞いた事も無い美しい声であつた。

鳳嶺君が急に病家を見舞ふのだからかへると云ひ出した。竹雨君と一布君が、

「今時分何処へ診察に行くのだ」

と云ふと、

「今晩どうしても行かねばならぬ病家だ」

と聴診器を懐中から出して見せ立ち上つた。

「診察が済んだら又来たまへ」

と云ふと、

「ウム」

とうなづいて又高い階子をミシ〳〵と下りた。暫くして山廬の窓下を通る足音がした。

此の足音を聞いた四人は、
「眠くなつたんだらう」
と大声を上げて笑つた。

山廬の夜は静かである。句作の沈黙は暫らく続いた。夜寒はヒシ〳〵と山廬を取りかこんだ。

句作を終へ寝る前に自分は山廬を取り巻く山の姿を見たいと云ひ出し、四人で山廬を出た。古城趾のやうな石道を過つて桑畑の中に入つた。桑は人の背よりも高い。北方に山が下つて甲府平《だいら》が見える。灯の群集は甲府市であるさうな。蛇笏君と一布《をぶ》君は何か話して居たが自分は黙つて後から歩いた、此年五月に駈け込んだ北巨摩郡大武川の渓谷を抱いて居る鳳凰山麓は低く雲が垂れて秘密を洩らすまいとして居る。併し自分は自分が大武の渓谷に何をしに這入つて行つたか宜く知つて居る。自分と鳳凰山霊とかの白樺の樹だけが宜く知つて居る。

山廬の窓から見た桑畑の中の電燈は桑畑の中をカスカに輝して居る。此時蛇笏君は羽織をぬいで居るので蛇笏君の脚部が胴よりも稍ゝ短い事が判つた、蛇笏君が相撲が好きなのは相撲が強いからである。相撲の強いのは此の胴よりも稍ゝ短い脚部を左右に開いて張つた時体の重心が下つて安定が宜くなるからであらう。門前で竹雨、一布の両君に別れ中庭に入り自分の為めに一枚開かれてある雨戸から母屋に入り廊下伝ひに奥厠に行つた。厠には電燈が灯して在つて窓からは甲府市の灯の群集が遥かに見えた。山廬に来ると已に軟かく厚い夜の具は敷かれて居た。自分は自分の家に寝る如き心地で床に入つた。蛇笏君は山廬の窓を一々閉ぢやがて床に行つたかと思ふと船遊の心づかひと数日来の奔走の疲労の為め間もなく熟睡に入つた様だつた。自分も静かに眼を閉ぢた。

山廬の第一夜は明けた。山廬の背後の小さな渓谷、狐川の渓谷に下りて蛇笏君と顔を洗つた。水は氷の様に冷たい。奥座敷で食事をして居ると一布君が見えた。今日は自分の為に三人で山遊びをするのである。食事を終へて山廬に入り窓からさし込む日影を背に当て、雑談を試みた。此雑談は実に御互に無遠慮なもので、現俳壇の人達の批評は勿論、片端から悪口も飛ばしたので大に留飲を下げた。

午後三人でビール三本と一布君持参の葡萄を持て山に入る。路は山腹を真面に向いて走つて居る。今日はや、日影も長く洩れるので笛吹川上流から御嶽茅ケ嶽の裾等が見えるが、諏訪口が少し雲が開いて居る丈で駒ケ嶽鳳凰山は雲の中に隠れて居る。裾の方で時々鳥威しの鉄砲が鳴る。自分等三人が入る可き蛇笏君の山へ来ると盗伐の男が白いシヤツを見せて樹の影に隠れた。松の間を上ると時々今の盗伐の男が採つた松茸の根が香を放つて残されてある。山の瘤の所に来てビールと葡萄の荷を下した。焚火が無ければ淋しいと云つて三人で手分をして枯枝を拾ひ焚火をした。火はパチ〳〵と音を立て烟を高く松の間に這はせた。ビールの酔が出て来るに随て三人は際限なく談じ合つた。枯木が無くなると三人で拾ひに出、四時間程談じ続けて少し飽き気味になつたので焚火を消して山を下る事にした。焚火を消すのに自分は火を一ケ所に纏めた方が宜からうと主張すると蛇笏君と一布君は火を掻き広げた方が宜いと云ふ。下駄で掻き広げると火は見る〳〵消えて行つた。路を換へて山を下る。フト振返つて見ると山肌には幾つも同じ様に丸い石が頭を出して居た。今迄三人のした談話は皆此の石が聞いてしまつた様に思はれた。山下には盗伐の男が残して行つた薪の束があつた。日が暮れんとして居る。雲が深い中に只諏訪口のみが三角形に雲が開いて夕日《あけ》で朱に染まつて居る。蛇笏君と一布君は其の諏訪口を見て、

「子供の時から、彼の紅い雲の裂け目の向うには怎《ど》んな国が有るかと思つて居た」

と語つて居た。

路は薄暗くなつて来た、御嶽辺の山々は頂まで見せ黒々と立派な姿を並べて居る。

「芋の露連山影を正しうす」といふ蛇笏君の句を思はせる。桑畑の中の電燈は已に輝いて居た。此山村から甲府市に通ふ馬車屋は可也の荒屋《あばらや》で有つたが待合の様な軒電燈

が灯つて居た。馬車は未だ帰つて居なかつた。山廬の門を入る時に遥か村の下の方で喇叭《らっぱ》の声がした。

食後入浴、山廬には已に「未だ睡くならない鳳嶺君」が来て居た。竹雨君も見えた。諸君は間もなく雨石君が逞ましい体格を見せ、次で煙柳君が丸味のある顔を見せた。諸君は自分が山廬に泊する様な事は再びあるまいと云つて喜んで呉れた。さうして蛇笏君を取り巻く笹鳴会の人達が雪夜三里の遠くより山廬に来り又三里を少年の如く昂《あかつ》た心で帰つて行く事や幾ら中央の俳句界へ投句せよと云つても中々実行せず、只蛇笏君の選句で十分。満足して居る事なぞを聞いて嬉しく思つた。さうして横浜にある自分達の句会が思ひ出され明日（九月二十九日）自分の家に開かれる句会には是非間に合ふ様明朝早く山廬を辞去する心を定めた。鳳嶺君は一布君に、

「今夜は診察に行く所は無いのですか」

とからかはれて居る。

「睡《ねむ》くなると診察する家が出来るのでせう」

と誰かが続けた。

作句する事になり、自分は山廬に来て最も深く感じた「夜寒」を席題として出した。今夜は昨夜より明るく折々は月光さへ洩れ夜寒は人の肌を慕つて寄つて来る。昨夜聞いた鈴虫が又今夜も同じ所に居て高く啼いて居る。背後の窓を押すと薄い月光に輝さ

れた門内の広庭の一隅から金鈴を振る如く鈴虫の声が響く。其他の虫はヒタと声をひそめて眉毛に迫る春日山《かすがやま》、名所山《めうしよざん》も姿を正して之を聞いて居る。山廬も此宵限りで分れを告げなければならぬが、客である事も忘るゝ寛ぎを感じたのは、蛇笏君一家のたま物であつた。自分は俳句を作り初めた当時横浜の松浦為王氏の宅で蛇笏君を一寸見たのが最初で、数年前ホトトギス発行所の俳談会席上で蛇笏君と会つたのが二度目、三度目は此度の山廬訪問に過ぎないが、二十六日の船遊び以来三日間は殆んど起居を同じうした蛇笏君及び一家の方々の温い心持を忘れる事は出来ない。殊に生来食はず嫌ひであつた鯉と鯰が山廬夫人の調理の御手際で大好物となつたのは感謝せねばならぬ。

鳳嶺君も今夜は一心に作句し句作後互選をし、夜更けて諸君は帰つた。

翌朝再び狐川の渓谷に顔を洗つた、石和《いさわ》駅を九時二分に出る東京行きに間に合ふ為蛇笏君と自分は身支度も早々にして蛇笏君の父君母堂及び夫人に門まで送られて山を下つた。蛇笏君は自転車を押して居る。六丁程下つて竹雨居に入る。自分と同行の一布君は已に仕度が出来て居た。竹雨君の夫人なる蛇笏君の令妹も愛児を抱いて出て来られた。竹雨居から正北に当つて甲府平の東北部が坐して見らるゝのである。竹雨居の門を出て十数歩、山村には立派過ぎる西洋建の病院が有り玄関に医療機が輝いて居

た。門内から歯磨を使ひ乍《なが》ら、

「ウムーウムー」

と云ひ乍ら出て来る人がある見れば鳳嶺医士であつた。立派な建物は鳳嶺医院であつた。其処で竹雨君に別れ少し下つて甲府に出る蛇笏君と分れ愈ゝ一布君と二人限りになつて、ゴロツタ石の多い山路を一筋に石和町に向つて下つた。笛吹川を渡つて石和町に入らんとする所で明治四十年の大洪水の時土砂で埋れた旧河道を見た。其の恐ろしさは想像以上であつた。当時土地を流失した農民は数年間は足袋も下駄もはかず辛苦をなめて土地の回復を計り山梨県では極端に県費を節したので一布君の中学校では数年間寒中でも火鉢に有り付かなかつた位だが、其結果荒らされた土地は荒らされぬ土地よりも肥え現今では却て価が高い様になつたと一布君は語つた。石和駅には竹雨居の従僕が葡萄の籠を持つて二人を待つて居た。汽車は間もなく来た。

「眼が明いて居ても怪我をする者は怪我をする」

と石和駅員を凹《へこ》ませた盲人も一緒に汽車に乗り込んだ。

車中には稚子輪に髪を結つた九歳位の女の子が腰掛にもたれて寝て居た。一人旅らしく持物は小さい日傘と小風呂敷に包んだもの一つとで足下には此の子が吐いたらしい反吐が一面に広がつて居る。少女の一人旅は其の家庭が非常時にある事を思はせた。

隣席に居る商人らしい四十男は女の子の背に押されて窓の所に小さく縮まつて居る。其の前の腰掛には一人の兵士が一人で頑張つて腰かけて居る。小さくなつて居る商人が気の毒で此の兵士が憎く見えた。汽車が笹子を通り過ぎて猿橋近くなつた時、突然ドシンと大きな音がするので見ると女の子が腰掛から反吐の上へ落ちて居る。居睡つて居た兵士は両手を拡げて女の子を抱き起し元の所へ坐らした。女の子は一人旅の長乗りに身神疲労の極に達したものと見え座に返ると直ぐ又前へのめつて反吐の上へ落ちた。此度も兵士は少しもいやな顔をせず、女の子を抱き上げて坐らした。此の短い騒動の間に女の子に押されて小さくなつて居た商人は一寸眼を明けて兵士のする事を見て直ぐ眼を閉ぢ熟睡の振りをして居た。兵士は女の子が最早落ちないと見定まるや手に付いた反吐を紙で落し又元の如く居睡りを始めた。自分は此の二人に対する最初の感じが外れたので大に面喰つた。

八王子駅で一布君に分れ横浜線に移つた。木曾御料林から帰つた樵人らしい男が、木曾の奥で採つた珍木の苗だと云ふ樹の苗を大切に列車の棚に上げて居た。

笹子以東の大雨は晴れた。自分は同夜自分の家に開かれた句会で笛吹川の船遊の模様を話した。庭には雨後の月が霜の様に輝いて居た。

山上のピアノはとうに止んで居た。ピアノの音が無くとも書けさうなので最初の定めは実行出来なかつた。

ツルボ咲く頃

野には「ツルボ」が咲いて居た。

大正十二年九月一日、「ジヤパン、タイムス」横浜支社の柱時計は静かに長く十二時を打つた。事務所のあるじ久内君は自分に構はず、遠雷の如き響を立て丶タイプライターを打つて居た。

「帰へらうか」と自分が云ひ終つた時、突然微震を先駆としない強震が椅子を突き上げた。同時に事務所の隅の三角の所が生き物の様に揺れ、室内の凡ての点が勝手に動き出した。

「今迄にない大地震だ」と思ふ次の瞬間
「悪るい所で地震に逢つた」と。

急に自分の心は暗くなつた、椅子から立ち上ると共に横に投げられ、両足を開いて漸く立ち上つた時、頑丈な勘定台が物凄い音を立て丶倒れ、埃りがパツト上つた。

「アレも倒れたか」と幾分物凄くなつて来た。厚い窓硝子が二度ピシン〳〵と音を立て丶割れたが、破片が床の上に落つる響は壁の砕け落つる音で少しも聞えなかつた。久内君も揺られて室内を縦横に駈け廻はるので、幾度か二人は衝突しさうに成つては又別れた。其内に久内君は戸口の所に出て外を見て居たが、突然引返へして来て、
「外は危険だ」と云ふ。自分も
「勿論」と思ひ乍ら、尚ほ揺られて居た。此の時にも自分は此の地震が左程の大地震とは思はれず、只山下町が地震に対し何の耐久力も無い為め、斯く揺れると許り思つた。激震が余り長く続くので、此の室がつぶれたら、揺れは幾分か減殺されるかと、何心なく一歩踏み出した時、再び床の上に投げ倒され四這ひになつた。其の時破れた窓から黒烟りの様な砂埃りが入つて来て、室内は忽ち黒暗となつて仕舞つた。自分は暗の中で室の傾く方へと転がつて居た。外へ出れば街路の巾より数倍の高さにある「インターナシヨナル、ビルデング」が熾んにくづれて居るから、一歩も此の室を出る事は出来ない、そうすれば此の室で圧死するのみである。

出来るだけ助からうと、暗の中を手探りで久内君のタイプライターの机の所に行き、其の下に頭から入らうとすると、已に久内君が海老の様に体を曲げて其の下に居た。

モウ駄目か、と思ひながら、

それでも、と久内君の横腹の所に頭を差し当て丶四這ひになり、天井の落つるのを

待つた。

天地は只ゴウ〳〵と鳴つて、其の中には巨大なモノが墜落する地響がする。自分の眼には家族の者の顔が浮んだ。インターナシヨナル、ビルデングが潰れる音である。自分の顔には一種の苦笑ひが浮んだ。子供達の顔を思ひ浮べた時、自分の顔には一種の苦笑ひが浮んだ。

天井は中々落ちない、落ちる天井を自分の背中がドンな風に感じるか、死んで行く心持ちはドンなものであらうと多少の興味を以て待つ内激震はハタと止んだ。気が付くと共に立ち上つた。室内を暗にした砂塵は風に追はれて出て行き、破れた窓の所には桔梗色に澄んだ秋の空が見え、恐れに恐れたインターナシヨナル、ビルデングは既に潰れて居た。

助かつた、と思ひながら、出口の所へ来ると、一人の老ひた外人が砂まみれになつて立つて居た。其の顔には極度に恐怖が現はれ、頻りとハンケチで拭き廻はして、救を求むる如く自分を見た。「幸運な奴、何処から逃げて来たか」と思ひ乍ら。

此方へ来給へ、と早口に英語で云ひながらさし招き、往来を埋めたビルデングの大きな破片を乗り越えて其の潰れ跡に出た。久内君も続いて出て来た。其時早くも加賀町署の方に高く太い黒煙が上つて居た。久内君は砂埃りを浴びて全く様子が変はつて居たので、恐らく自分もサウだらうと思つた。自分達が出たのを見ると何処からとなく潰れた建物を越えて多くの日本人や外人が姿を現はして来た。石や煉瓦の間から人間が出て来るのは掘返へされた蟻の巣を見る様だつた。
若いインターナシヨナル銀行員が、不思議にも潰れ残つた石窓のアーチの下に立つて居る。しかも二人で一人は高く一人は低い。低い方は頭髪赤く猶太系米人で高声に何処かへ呼びかけて居る。老ひて肥へた外国婦人がオペラパックを提げて自分の傍へ上つて来た。老女の鼻の先には埃りが汗でかたまつて居る。其の呼吸は六尺はなれて尚よく聞えた。若い日本人が女工風の女を抱へる様にして上つて来た。女は、
此処はモウ潰れませんか、と自分に聞くので、
モウ此の上に潰れようはない、と云ふと男の手を離れて始めて一人で立つた。この時最初の余震が激しく揺れ、つぶれ残つたタイムス支社がガタ〳〵と鳴り響き、其処此処の潰れ家の間から人々が一斉に声を立てゝ走り出た。寸地を求めて人々は集まつた。タイムス支社は左右棟続きの外国汽船会社が尽く潰れて居るのに、幸運にも残つて居た。久内君は間口が狭いから残つたのだ、と云ふ、附近に高い「テキサコ、ビルデング」は平常も自働車が通つても揺れるので住み人が無かつたが、之も不思議に外壁一つ落ちず完全に残つて居た。久内君が、
尾泉君が見えない、と云ふ。今迄忘れて居たが、尾泉君は確かに自分達と一緒に居て、地震と同時に裏口へ逃げ出した様に記憶するので。
裏口へ逃げた様に思ふ、と云ひ乍ら事務室の裏口を見ると、其処も倉庫のくづれて

一杯になつて居る。

やられたかナ、と二人は期せず顔を見合はせた、何処かの建物の中で人の呼ぶ声がする、久内君は事務室から金槌を持ち出し、其処此処の煉瓦の塊りを叩いて居る。しばらくして自分の所へ来て
ドウしよう、と云ふ。

兎に角自分は社の安否を見定めてから家へ帰へらう。

家の方はドウかな。

日本の家屋は割合に耐へ得るかも知れないから此の様な事は有るまい。

兎に角引き揚げよう、と再び事務所に入つた。二つのタイプライターには天井の土が盛り上り、自分の夏帽が見当らないため久内君の冬帽が壁に掛つて居たのをかぶり、朝家を出る時抱へて来た西田博士の「善の研究」を探すと床の上に泥だらけになつて転がつて居た。

狭い四辻には生き残つた人が集まつて居る。人達は余震が来る毎に声をあげては抱き合つて居る。此の人達は狭い街路をはさんで潰れ残つた建物が、余震の来る毎に欠け落ちるので一歩も四辻を離れる事が出来ないのである。道路はドチラを見ても噴火口の如く潰れ家や石塊や煉瓦塊で埋もれて居る。二人は其の上を渡つて生糸屋敷新九十番とドツドウエル汽船会社との四辻に出た。新九十番の倉庫は街路に面した壁が残

り、せまい街路は倉庫の潰れで小山の様に盛り上つて居る。二人は此の小山の上を逃げた。フト左側の石の間から人が首だけを出して居るのを見た。顔は蒼黒く髪は土砂をかぶつて額から糸の様に血が垂れて居る。日本人かと見たら外人だつた。死んで居るのかと見たら目ばたきをして居た。其の眼は頭上を逃げて行く人を只見送るのみで、一言も救ひを求めない。

生きて居るのだ。

石にはさまれて動けないのだ。と思ひながら自分はドン〳〵逃げ落ちた。其の人の顔は死人の様に蒼黒かつたけれど、眼は輝いて居た。そうして顔面には異様な苦笑が浮んで居た。其れは約束してある救助を待つもの丶如く思はれ、其の苦笑は約束した救助人が来る事遅き為めではないかと思はれた。

新九十番から広場へ出ようとする街角には、大きな「ハリギリ」が枝を差し出して涼しい蔭を作つて居る。其の下に潰れ積んだ煉瓦の底から白足袋をはいた優しい足が二本出て居た。地震で死んだ人体の一部を見たのは之が最初であつた。自分の足ではないかと暫く煉瓦の上から此の足を見つめた。か丶る時死ぬる人と傷く人と無事に生き得る人とが有り、今石の間から自分を見送つた外人は傷く運命の人、此の白足袋の本体は死ぬる運命の人、しかして其れ等の上を逃げ落ちて行く自分は生き得る運命の人である。此の運命は早くも定められ、今日は其の総勘定が行はれたのであると考へ

た。自分が是等の人を抱き起しもせず、

死んで居る、

傷いて居ると、見て過ぎたのも何の不思議にも考へられなかつた。

広場から見た支那人街は煉瓦の岡が起伏するのみで太き黒煙が三ケ所から上つて居た。加賀署からは火炎が渦き上つて居た。日本最古の時計店、瑞西《スヰス》商人「フアーブル・ブランド」の店も潰れて居た。其処から横浜公園に出る道は、水道鉄管破裂のためすでに一面に泥水が流れ、其の水の上に木造の大きな倉庫が倒れて居る。山下町からのがれて来た群集は尽く此の泥水の中で落ち合つた。自分も泥水の中に入つた。泥水は即座に脛を没した。

前田サン前田サン、助かつた助かつた、と泣声で呼びかける者がある。声の方を見ると山崎君が潰れ倉庫の上に土色な顔をして立つて居る。山崎君は袴をはいて居た。オレも助かつた、と自分も高声に答へた。久内君は何時の間にか姿を見せなくなり、一緒になつた山崎君は只頻りに、

早く家族に無事な顔を見せるのだ、と繰り返へして居る。水の無い所にはS字形に電車線路が露出して居る。横浜公園内は岡を島の様に残して一面の泥水だ、泥水は日本大通りの方へ流れて居た。島の上は寸土も剰さず人で埋められ、あふれた人は腰の辺まで濁水に浸つて居る。樹上には木の実の如く幹には稲城の様に人が抱き付き、

「ダリア」畑からは高い真紅の花が濁水に首を上げて揺られて居た。

又余震が来た。

自分は辛くも水中に立止り得た。樹上の人も幹の人も島の上の人も水中の人も、一斉に物凄い泣声をあげ、続いて幾万かの口から念仏と題目を唱へる声が雷の如く起つた。中に一人の口の余りに大きな老婆が岡の上に居て、若い女に押へられながら、背の大風呂敷を胸先で両手でつかみ自分の方に向いて「南無妙法蓮華経」と唱へて居た。其の大きな口大きな声はいつ迄も耳に残つた。水中から尾上町を見るとモウ火を発してパチ〳〵と勢よく燃えて居た。山崎君とも亦いつの間にか離れて仕舞つた。此時不意に家族の事が案じ出されて来た。

睦子《むつ》

明子《あき》

と、自分は二人の子供の名を口の中で呼び、急に方向を変じ花園橋に向つて水中を押し進んだ。水底には地割れがして深い深い溝が出来て居る。自分より前方に逃げて行く人々が頻りと之に陥つて居る。花園橋の裾で再び曲折して電車線路を見て漸く堅い土を踏む事が出来た。火は近い所で吉浜町松影町石川町に上り、遠きは幾十筋と数へられた。話に聞いた安政大震の時、潰されて外に出たら已に八方から火が上つて居たと云ふのを、面のあたり見る気がして、是れだナ、と思つた。

橋を渡らず山下町側の河岸を急ぎ足で通つた。電車が線路を外れて幾台も立往生を遂げて居る。河岸は水中にノメリ込み、河岸に平行した地割れは街路を幾つかの峰に分け、左側の外国商館は尽く倒れて居た。若い洋服を着た日本人が、往来に投げ出された如く両足を前へ揃へて突き出し、黙つてウツ向いて居るのがある。時々往来の人を見る為めに上げる面には最初に見た石の間の外人の様に苦笑を浮べて居た。

此処にも居た。

何故に起きて走らないのだらう。と思ひながら足を早めた。自分が逃げて行く方面からは大河の流れの如く群集が押して来る。其の流に逆らうのは自分一人だ。群集の流れと、自分の逃路とが違ふのは何故か、群集の逃げ方が正しければ自分一人が死んで此の群集が助かるのだ。若し自分一人が助かるには此の大群集は尽く死滅せねばならぬ、夫れはドチラにしても恐ろしい事だ。群集は口々に骨肉の者の名を呼び交はして連絡をとり低声に念仏や題目を唱へ、馬の背の様な地割れの上から落ちんとしては越えて行く。其等の声は全く自分を恐怖せしめた。元町五丁目の街路には火炎が低く走つて居るのが見える。火炎を透して整然と一糸乱れて居ない菓子屋の店が見えて居た。石川町の方からは中村町の石油倉庫から出た火が餌を追ふ長蛇の如く押し進んで来る。鉄工場製氷会社が並び倒れ鉄工場の溶鉱炉の外囲が倒れ熱気の高い空気が渦き流れて来る。河中には荷を積んだ船が横はつて進退を失つて居る。海岸通り二十番グランドホテル前で完全に残つて居る山下橋を見て、初めて家に帰へられる確信が出来た。グランド、ホテルは高い煙突を残して形もなく潰れて居る。其処に立つた一人のホルトガル紳士が、

私の妻が潰されて居る。金はイクラでも出すから五六人日本人を連れて来て呉れ、と日本人の通り掛るのをつかまへては嘆願して居た。誰も之に拘はる日本人がないので、自分にスガリ付くかと思つたら、ホルトガル人は其処に立つたまヽ両手で顔を押へて大声に泣き出した。自分は其処から横浜港を振り返つて見た。市街から吹き付ける黒煙と砂埃りとで半分陥没した防波堤と、桟橋から巨大な汽船が離れ去らんとして居るの外何物も見えない。新山下橋を渡ると草深い広々とした埋立地へ出た。右手山上のフランス総領事の私宅とイギリス海軍病院が燃えて居る。其れと続いた外人住宅は皆黒煙を上げて居る。中には断岸と共に草の中に墜落して炎を上げて居る。断岸の上には逃げ後れた人々が手を振つて救を求めて居る。自分は此処にも死ぬ可き人が居ると考へ乍ら足を留めて之を仰ぎ見た。

断岸から落ちた外人住宅の中には、神父ゲラン師の建物もあつた。ゲラン師とは八月十日其の断岸に臨んだ涼しい邸宅で会見し、其の豊富な浮世絵を見せて貰つたのだが、今其の建物はゲラン師半生の愛着を込めた美術品と共に焼けて居る。広場の草の

中にも大きな地割れがある。心はいそぐけれどモウ駈ける事を許されない程体はつかれて居る。家族の者が圧死したとすれば已に死んで居るのであるから、急いで行く事もないと、歩をゆるめて苦しい呼吸をした。喉は涸き切つて吐く息がヒリ〳〵と喉を切る様に痛む。見るともなく草を見ると、「メドハギ」「アリタソウ」「コブナグサ」「ハチジヨーナ」「イタドリ」「ヨモギ」「キハキ」「キヌヤナギ」「スニキ」などがあり、「クズ」が一面にからまつて居る。湿地には「ミゾソバ」「アキノウナギツカミ」が咲いて居る。突然背後から、

ドウですエライ事になりましたナ、と声をかける者がある。印半纏を着た五十近い男が居た。

驚きましたネ、と云ふと、

私は店の倉庫に居たのだが、突然屋根が落ち壁が倒れて来たので夢中で駈け出した。朋輩は一人も出て来なかつたから多分死んだでせう、と云ひ暫く無言で居たが、

家の奴も死んだかナ、と一人言の様につぶやいた。二人は並んで歩いた。

ナゼ此の原へ避難しないのかしら、と自分が云ふと、

津浪が来ると云つて皆んな公園の方へ逃げたんです、と云ふ。自分に逆つて群集が公園の方に走つたのも漸く分つた。

誰が云ひ出したんだらう、

誰となく云ひ触らされたのらしい、と云ふ。草路が二つに分れた。自分は右に入つた。其の男は左に踏み入つた。芒の高い叢が二人の姿をへだてた。夫れぎり二人は終に逢はなかつた。本牧町に入ると見慣れた家が皆倒れ、踏み慣れた路が尽く裂けて居る。火炎は三ケ所に上つて居た。泉谷戸に入ると気取屋の小鴨君の妻君が足袋はだしで歩いて来た。

やられました、とニヤ〳〵笑つて居た。

煮豆屋が往来へ倒れかゝつて、人が腰をかゞめて其の下を通つて居る。街の角には泉湯の大きな亜鉛屋根が亀の甲の様に伏さつて居る。其の上に立つて自宅へ通ずる小路を探したが潰れ家許りでドレが自分の家やら分らない。辛うじて垣を見当てに小路を発見し、倒れた屋根を踏んで行つたが家族の者の生死を知るのは余り恐ろしい気がした、「死んで仕舞つたか、生き残つたか」と幾度も繰り返へした。其処へ目の色を換へた浜田君がシヤツ一枚で現はれ、

前田さん御無事でしたか、と声をかけた。

あなたも御無事で、と云ふと直ぐ浜田君は御宅の皆さんは御無事ですよ、と云ひ足した。「生きて居たか」と初めて自分は総身の軽くなるのを覚えた。浜田君は直ぐ目の前に潰れて居る屋根の瓦をめくり始めた。自分の家は北方に傾斜し、内部は掻き廻はした様になつて居る。浜田君に聞いた通り家の背後の森林に入ると、附近の婦人子

供は家主上木君に率ひられて、樹の蔭に思ひ〳〵の座を占め、茫然として立つて居た。小高い所に睦子が明子を背負つて大島君の家族と一緒に立つてゐた。

睦子さんも明子さんも御父さんが御帰へりですよ、と大島君の妻君が云つて居た。明子は母が居ないので泣いて居た。某船長の妾だと云ふ婦人は地上に横はりながら一段と声を挙げて泣き出した。其処へ妻は子供等の衣類を風呂敷に詰めて抱へて来た。此の避難所に新顔なる自分に対し銘々が其の経験が誰のよりも一番恐ろしかつた様に語らうとするが、自分の山下町脱出当時の模様を話すと皆声を潜めて仕舞つた。逓信省技師幸多君の妻君は之を聞いて最も悲観した一人である。夫の事務所は山下町にあつて殊に古い建物だから、無論死んだに違ひないと云ひ切つて沈んで居る。此の避難所は日頃自分が美くしと見て居た森林の底である。高い樹々は日光をさへ切り、地は少しの湿りを残し、涼しい風を湧かせて居る。此処に居れば大丈夫ダ、と妻にも睦子にも語り聞かせ、初めて土の上に腰を下した。全身の泥水は乾かんとしてゐる。

静かに思ふと、

此の大地震は自分に取つては単なる不幸ではなかつた様だ。集めたいと思ふだけ集めた三千余冊の書籍と、家族四人には多過ぎる器物に対する飽満、之等の飽満はいつかは我等を離れなければならぬ、我等が死んで彼等を残すか、彼等が失はれて我等が残るか、いづれにせよ死の如く明らかである。若し我等が此の飽満にすがり付いて居るならば、書籍器物を失つた時我等も共に潰滅するのは馬鹿らしい事だ。大きな自然力が来つて一挙に此の書籍と器物を消し去つて呉れたなら、ドンなに幸福であらう。然し其の大自然力が我等の上に働く時、我等の生命だけは取止めなくてはならぬ。

今此の大地震が来た。

我等四人は書籍器物を失つて生命を全うし得た。時が来た。時が来た。我等は放たれたのであると思つた。物慾と闘つた熱苦しい長い時は消えて、高く遠い朗らかな空が現はれた。自分は汚れた膝の上に明子を抱き上げた。睦子は軽くなつたので、森林の中の人々を訪問し自分の尋常二年第二学期が明日から始まる所であつたと語つて居る。

少しの物でも出して置きませう、と妻が云ふので、半潰れの家からは未だ器物が取出される事が思ひ浮び、同時に切ない慾が芽をふき出した。子供等のために寝具衣類、我等当座の食糧として米其他を取出さねばならぬ。自分は妻と二人で幾度も森林から出て半潰れの我が家に入つた。玄関には下駄箱が倒れ、靴と下駄が他人の所有品の如く散らばつて居る。六畳の書斎には四方に積んだ書籍が倒れ合ひ其の上から壁土がかぶさつて居る。床の間の蓄音機も壁土をかぶつて居る。自分は書籍を踏んで縁側に出た。縁板は裂けて地に落ちて居る。屋根瓦は揃つた儘庭に落ちて居る。植物採集用ドウランは傾いた柱に懸つて居た。庭の草々は皆瓦の下になり「オシロイ」のみが横に青枝を突き出して居た。自分は寝具の間に雞村君の画いた幅五本を入れて置いた。洋傘一本牛皮のゲートル靴二足椅子二脚だけが自分の身に付くものとして取出された。山下町から手に放さなかつた「善の研究」は永久の分れを告ぐる可く散乱した書籍の上に置いた。次で台所に出て古くから我家にある飯釜と大鍋と米櫃とを取り出し、最後に水瓜一個を取り出した。

火は已に泉湯に来て居た。なま温い風が時々自分の顔面を走つた。庭草は此のなまぬるい風に吹かれ動いて居る。茶の間で位牌を拾ひ、睦子の夏帽子をつかんで玄関から外へ出た。太陽は黒煙で曛み、黒烟が走る姿が地上にうつる。井戸端へ来ると、隣家が倒れた時屋根土を投げ込まれたと見え、水は濁つて居る。井戸縁に結んだ細紐を手繰り上げると一升壜が上つて来た。水道の水が冷やしてあるのだ。栓を抜いてラツパ飲みに二合程を一気に呑んだ。無事で居たら再び御世話にならうと又元の通り静かに井戸に下ろした。再び家の前に来ると、鶏の夫婦がコ、コ、と鳴きながら静かに餌を拾つて居た。

自分は再び森林に逃れ込んで蓆の上に倒れる如く身を横へた。森林は高い。更に高い空は一面の黒烟が走つて居る。山を越して向ふの横浜市が燃えてゐるのである。太陽は日蝕の如く暗く、や、明るくなつた時には其の面は黄色である。物凄い爆音が森林をゆする。酸素壜の破裂らしい。余震が来る毎に樹々が高く頭を振り動かし、サッサツサ怪しい葉づれの響がする。

火は次第に森林に近く、若し森林に延焼すると危険だと云つて二三の家族は更に山を登つて行つた。

今前田さん所へ火が付いた。と何処かの子供が云つて来た、暫くすると又前田さん所が焼け落ちた、と云ひに来る。

今度は操チヤン所だよ、

今度は享チヤン所よ、と子供等は一々報告して来る。自分は倒れたまゝ頭を押へて之を聞いて居た。誠に森林の外には今熾んに家が燃えて居る。風向きは森林を避けて居るが、万一の時の逃路を見て置くため森林を南にぬけ出ようとすると、其処の木蔭にも知合の多くの人が、菌の様に群をなして避難して居た。其処でも見知らぬ子供が、前田さん所は本が多いから、いつまでもブシ〳〵燃えて居る、と語つて居た。

日が落ちんとして居る、空は益々赤くなり、余震は十分十五分をへだてゝ絶間なくやつて来る、其の度に男はソリア来た、と嘶し立てるが、女は声さへも立てない。二三の女が土を掘り、自分の持出した釜で夕飯を炊き始めた。結飯は何人も一つ宛と定められ、大の男も一つ、一年八ケ月の明子も又其の一つを与へられた。某小学校長の子供達が、大きなのを二つ宛呉れ、と云つて居た、皆が不快な顔を見合はした、誰かゞ樹の枝に提灯を下げた。上木君が所有の材木を持つて来て枝から枝へ渡し板を渡して露除けを作り、上木君の老人を始め女子供全部が其の下に入れられた。一人の男が薄暗い森林を上つて来た。提灯がアワテ、灯されると、其の男は、提灯を消して下さい、〇〇人が日本人を殺しに来るから。と、底力ある声で吐鳴つた。

男の方は全部寝ずに警戒に当つて下さい。と付け加へて直ぐ森林を出て行つた。女子供は呼吸も乱る程に恐れた。然しなほ半信半疑で、男は休息し、女達は露除けの下に幼き者たちの寝所を作つた。睦子も明子も小さい蚊帳を釣つて静かに寝入つた。

風がハタと止んだ。火事は燃えるだけ燃えて風と同時に消へ何処も静かになつた。そして恐ろしかつた日が夜となつた。只一つの提灯と釜の下の火が何となく賑かで、夏季のテント生活でもして居る様な気がした。皆さん当分は共同生活ですよ。と快活な大島君の妻君が云ふ。此の時再び先の男が森林に入つて来て、

○○人は地震の最中、石油を壜に入れて方々に投げ込んで放火したので、今箕輪下停留場で三人殺されました。何時其の返報に来るかも知れないから御用心なさいまし。と云ひ又森林を出て行つた。提灯を消し、蚊燻しとあつて生枝が釜の下に投ぜられた。子供達は○○人が来ると恐れながらモウ深い眠りに落ちて居る。眼覚めた男達が震源地の話を始めた。箱根噴火説、伊豆大嶋爆発説、又は新火山噴出説が出て、昼間見えた太陽の色、恐ろしい入道雲の話が交はされて居る時、森林の入口に子供の泣声がして、八百屋の主人が左に提灯右に竹槍を持ち、十五六才位の泣きぬいて居る男の子を連れて入つて来た。子供は○○人が来ると聞いたら無闇に泣き出すので今夜此処へ置いて呉れと云ふのである。夫れが納まると又もや背の高い外人二人がノッソリと提灯のほとりに立つた。自分と沢村君とが出て行つて、

何しに来た、と訊ねると、

今日、伊勢佐木町で酒を呑んで居た処地震に逢ひ、火に追はれながら逃げたが終に逃げ路を失ひ河中に入つて今まで火を免れて居た。火が消えたので自家へ帰へらうと思つて歩き出したが道が分らず此処へ迷ひ込んだと云ふ。見れば全身がづぶぬれになり、顔には傷さへある。事情が判ると同情が集まり、女は結飯と食塩とを出してやつた。今夜は此処で寝て行き給へ。と云ふと、有難ふを繰り返へしながら、結飯を食ひ、丸太の上に大きな体を横へた。

夜は更けた。自分も戸板の上でトロ〳〵とまどろんだと思つたら眼が覚めた。森林の上には月が澄んで居た。木の間を洩れた月光は点々と地上に輝いて居る。宵の中こそ流石に元気で居た人達も、今は労れと恐れとで皆静まつて居る。子供は無心の寝返へりを打つて居る。人々から富と安住を奪ひ去つた焼原が森林を透して赤く見える。烈しい黒煙は時々青白い月の面をかすめんとする。虫は其処此処で啼いて居る。自分は昼からの事を繰返へし考へ夢かと疑つた。

フト見ると、自分の傍にある椅子に毛布で身を包んだ幸多君の妻君が倚り懸つて居る。幸多君は未だに帰へつて来ないのである。幸多君の妻君は日が暮れても夫が帰へらないので折角取り出した夫婦の晴着を再び焼跡へ捨てに行つたのである。寝て居るのかと見て居ると、枕にして居る白い腕の蚊を白い手で払つて居た、此の人は嫉妬して居るのである。

突然森林の中で烈しい音響が起つた、皆が眼を覚ましたけれど起き上る者は一人もない。宵に迷ひ込んで来た外人が自分が二人の為めのベツトとして焼残つた家から持ち出して来た障子を寝返へりを打つ拍子にへし折つた響なのであつた。二人の外人は起き上り、丸太の上の方が宜い様だ、と云つて笑ひ合つて居る。
〇〇人が来たのかと思つたワ、
御互に可憐ひさうですワ。なぞと云ふ声がする。其れも暫時で、又静かになつた。
睡魔は中々自分に襲つて来ない。幾つかの小さい余震があつた。夫れも人々はモウ問題にしない、軽いいびきの声さへもする。考へ労れた自分は初秋の野の楽しい植物採集を思ひ、
野には「ツルボ」が咲いて居る。然し明日からドウなる事だらう。と急に淋しくなつて来た。

奥飛騨の春

霧深い朝だ、山は雨だらうけれど、思ひ立つた今度の旅行に、此の位の雨や霧は承知の上である。車窓をぬらす霧は次第に雨らしくなり、八尾駅に下り立つた時には本物の雨となつて居た。乗合自動車は未だ活動しない。歩き出すと、後から呼びかける人が有る。久しく逢はない八尾町のS氏だ。

巨籟さんは、昨夜の町会で町長に当選されました、と、大声で云ふ。

本人は承諾されましたか。

承諾されました。

会話は簡単に終はり、S氏は目礼して駅に駈け込んで行つた。今度の旅行は、巨籟君が町長に当選しても出かけよう、当選しなければ気抜きに出かけようと、話が付いて居たのであるから、当選となれば一段と面白い。

由かつた。由かつた。

と、思ひながら、山靴軽く八尾町に向つた。耕し時の細かい雨は面を打つ。それでも八尾町の四囲の山は、常よりは由く見へた。今日突破する、婦負郡南部山地のぬれた若葉や、ぬれそぼつた耕人耕馬が目に浮び、放たれた気分は胸を突く様だ。八尾町は起きては居るが、未だいとなみは始まらない。巨籟君夫妻は早くも店頭で用事を果して居た。先づ

御目出度う。と、

あびせると、巨籟君は立つたまゝ、黙つて笑つて居る。悪るい気持ちでは無い様だ。庭先の縁に腰を下ろして居ると、

二十五日の初町会に間に遭ふ為め、二十二日には是非帰つて居たいので、日程を変更しました。と、

巨籟君は云ふ。最終日、飛騨の角川から、楢峠を越し、越中婦負郡大長谷村島地に一泊、翌日山田温泉で旅塵を流そうと云ふのを、一日繰り上げ、強行軍で八尾に入る事になるのだ。大した事は有るまい。

町長になつた翌日、リユツクサツクを背負つて町中をノコ〳〵歩くのも如何か、と云ふ所から、二人は巨籟庵の裏に出で、城ケ山の下の裏道を、南の町外れ、野積川の絶壁につけた道に出た。一町程先に、リユツクサツクを負ひ、草鞋脚絆で身を固めた

青年が行く。其の後から大きな犬がついて居る。近づくと振り向いた。一行の洪越君であつた。犬は隣家の犬で、散歩にでも行くと思つて、ついて来たのだと云ふ。いくら追つても帰らない。

連れて行つてもいゝが、人間以上食ふのでかなはない。と、洪越君がつぶやく。

野積川の吊橋を渡り、イチハチの咲き盛る対岸にうつり、仁歩村に入る。山田には人馬が泥まみれになつて耕して居た。三ツ松の煙草屋で重い山靴をぬぎ捨て、草鞋とはきかへると、心も身も軽くなる。村道から山道に入り、谷に下ると大長谷川《おほながたんがは》である。今度の旅行の最後の日に越す、楢峠に源を発する川だ。土玉生、若ケ島など二三軒の部落を通り、橋を渡ると、栃折峠の登りにかゝる、路上にミチヲシエが輝き飛び、谷深く老鶯が啼く、雨はいつか晴れたが、北の方は雲で閉されて居た。峠の中腹に汚い茶店がある。茶店で休むのは旅らしいものだと入ると、店先は四畳半位の大炉で、煤けた薬缶が掛り、壁には字も見へない程に煤けた柱時計が掛つて居た。こんな古い時計は、当然止まつて居る可きなのに、怪しいかな彼はカツ〳〵と活潑に動いて、任務を果して居た。此処へ、言葉はいんぎんだが、顔付きの面白くない、洋服の男が入つて来て、我等の向側に足を入れ、直ちに酒と生玉子とを命じた。其の柱時計の如く古るぼけた妻君が、返事をしながら細い榾をくべると、埋火は待つて居ましたと許り、榾に燃へ移り、彼のために酒のかんをする湯は立所に沸き上つた。五月と云へど、山中は未だ炉がなつかしい。時は未だ午前十時を少し過ぎたのであつたが自分は二度目の食事をした。此年一月此村に起つた三人斬りの話をきくと、主婦は養父を殺した養子に同情して居る。洋服の男は、しきりに五ケ山に行くのだから、一緒に連れて行つて呉れと云ひながら、クビリ〳〵と酒を呑んで居るので、御先へと云ひ捨てゝ出た。

何者だらう、電気屋かしら。

女工募集員でせう。此処へ来て真つ昼間から酒なんか飲むのは、女工募集員位のものだ。と、

巨籟君は憤慨して居る。なるだけ一緒になるまいと足を早めたけれど、終に栃折峠の頂上で追ひ付かれた。酒の気はモウ見へない。

昨夜と一昨夜を八尾に泊りましたが、八釜しい町長問題も漸く決定しましたナ。

と、

話しかけられるから、その町長は此処に居ると云つてやりたかつたが

あなたの御商売は何んです。此の山奥に来るには余り御遠方の様な御言葉ですが。

と、

外らすと

イ、エ、食へないもんですから、こんな山奥へ来るのです。と、

なか〳〵本音を吐かない。峠からヤマウドを一ぱい背負つた女が下りて来た。

ウマそうですネ。と、

云ふと、愛想よい女は高く笑ひながら行き過ぎた。一町程の所でキジが啼き足もとにはイワウチワが薄紅の花を付けて居た。頂に来ると向ふには、中腹に径を付けた高峯《たかみね》が立ち、狭く淋しい百瀬川は姿こそ見せないが、ソウ〳〵と音を立て丶流れて居る。

野積川、大長谷川、百瀬川と、八尾町を離れてから三つ目の谷。百瀬川は五ケ山の一部、已に東礪波郡である。我等の行程は此の三川と庄川と利賀川とが、南に飛驒の国から北に日本海まで、殆ど平行して流れて居るのにからんで横断しようとして居るのだ。峠と谷は一つを越す毎に険悪に、水は益々冷たくなるのだ。栃折峠の百瀬川に下る斜面は短かい。谷は迫り人の通行は少く、絶壁に当る春の午後の日影は、旅愁をそ丶ると共に、何となく少年の淡い恋に似た味がある。此のさびしさは、道ばたのイチリンソウの大群落になぐさめられる事少くなかつた。谷は南へ南へと我等を誘ひ、次第に明るくはなりながら、崩雪は至る所に残る。

此の谷は水が出れば、谷全体が溝となり、雪が降れば又崩雪の溜りとなる。か丶る悪所ながら人は住み、崩雪が山の如く乗り出した田を耕して居る人も見られ、此の洋服の男を見た一人は、ていねいに頭の手拭を取つて挨拶をした。洋服は横柄に、「ヤア」と軽く頭を下げるのみだ。崖の下まで来ると、突然彼は、

私は、一寸此の家に用が有りますので失礼いたします。どうも有難う御座いました。と、

腰をかゞめて岸の上の家の小径を上つて行つた。

山の様な雪塊を越すと島地だ。谷は左右に開らけ、川には子供が遊んで居る。巨籟、洪越両君等が、先年金剛堂山上りをやつた時、泊めて貰つたと云ふ、荒物屋でリユツクサツクを下した。

此の辺から女工が出るか。と、たづねると、若い妻君は

ポツ〳〵出ます。今日あたり岡谷から、女工出迎に来る筈です。あなた方は洋服を着た、顔のこわい男を見かけませんでしたか。と、反問する。

其の人買ひなら、其処まで一緒に来た。と、妻君は当然と云ふ顔をして、

今日来ると云ふ葉書が、此の辺に来て居ましたから、モウ着く時分でせう。と、我等の前にある菓子をつかもうとする子供を押へ付けた。巨籟君の推定は終に誤らなかつた。

百瀬川から西へ小さい楢峠を越すと、利賀川の渓谷である。谷は明るく、峠を下りると下利賀の部落、此の谷は先年、巨籟君と二人で五ケ山の秋を眺めた時通つた旧知である。一直線に南へ川に沿ふて遡る。東細島、上畠、下田の字を通り、一里余にして庄川の下梨に越す山神峠の突き出た裾が見へて来た。裾のかげの阿別当は我等が今宵泊る可き村である。午後の高温で、利賀川の奥の雪は解け出し、川は黄濁し、水勢は非常に高まつて来た。フト見ると、左岸の日蔭になつて居る河原の桑畑で、一定の調子で動くものが有る。由く見ると三人の子供が、両手に草束を持つて躍つて居るのだ。

躍つて居る。と、

云ふと洪越君も気が付いたと見へ、直ぐ、

獅子舞の稽古だ。と、

足を留めた。三人の中の一人は十二三才、他の二人は七八才、大きいのが両手の草束を、かつぐ様に上下し、両足を交互に踏み、又上げた両手を下ろして、二つの輪を画く、手振り足振りは如何にも簡素で、それについて小さい二人もその通りに躍るのだ。自分は人間が見る可からざるものを見た様に、粛然として暫く立止まつて打ち眺めた。両君はすでに二町も先に行つた。対岸の三人は、自分の見て居るのも知らず心澄まして躍つて居る。

坂の上の部落で、始めて大家族制の遺風なる、塔の様な合掌作りの家を見て、利賀川の橋を渡り、山神峠の登り口、段をなした阿別当の家居に入ると、先着の洪越君が案内に下りて来て、百沢与太郎老の大きな家に投じた。一段高く、家の後にあるセンバカッチヤ（水臼――八尾言葉）の冷たい余水で足を洗ひ、縁に腰をかけて居ると、我等が来ると聞いて、直ぐ網を持つて出かけた与太郎老の長男盛俊君は、半身をづぶぬれにして、尺に近いヤマメ七本を提げて帰つて来た。之れを見た老は、

　御前達は何と云ふ幸福者だ。と、

三人に新鮮なヤマメを提供し得る事を心から喜んで居た。招ぜられるまゝ炉辺の新らしい茣蓙の上に横になつた。炉には太い榾が突き込まれ、ヤマメは盛俊君の手で串にさゝれ、炉で焼かれる。三人は焼かれるヤマメを見ながら、熱い渋茶を呑みながら、老の山の話を聞いた。

　牛首峠の雪渓と雪解川の徒歩は容易でない。幸ひ、明日は大勘場から十二人の杣が牛首に越すから、其れに追ひ付いて行けば、雪渓にも足がゝりが出来て居ようと云ふ。さつき坂の上で逢つた老人は、牛首峠の険悪を称へ、到底越せないと云ひ、少からず失望させたが、老のしつかりした口振りで漸く安心する事が出来た。炉辺のうしろの暗いランプの下では、山から帰つた女人達が、山笹の筍の皮をむきながら、つゝまし

く我等の話を聞いて居た。
奥の間に三つの蒔絵の膳が並べられた。燭台の形をしたランプが二つ左右に立てられ、膳の上の焦げたヤマメを輝した。タケノコ、ゼンマイ、ヤマウド、ワラビ、今を盛りの山の幸は各様に、山料理の化粧をして盛られて居る。老と盛俊君は我等の前に座して、しきりにとりもたれる。幾つかの酒杯を加へた老は、八尾は小原節の本場だから一つ唄つて呉れと云ふので、已に七分の酔の洪越君を指名すると、洪越君は
ギヤ、一つやりませうか。と、
恵比寿顔をして
「来る春風氷がとける」と、美声を張り上げた。いつもより上出来である。老と盛俊君もむしように喜び、聞きなれた自分までも、手を叩いて、コリアサア、ドツコイサアとはやした。
麦屋節は阿別当が本場でせう。と、
云ふと、老はわが意を得たりと許り、
ウン、麦屋は阿別当が本場です。と、
物さびた声で、特有の
「麦や菜種は二年で刈るが麻が刈らりよか半土用に」
を繰り返へし、繰り返へし唄つた。盛俊君もおやじに負けるかと唄ふ。小原節に紅粉

の気がありとすれば、これは山にかくれた士君子の品がある。老の声と唄ひ方にもよるで有らうが、富山で聞く麦屋節には、寄りも付けない気品があつた。次に巨籟君が小謡を二番謡ふと、父子はうや〳〵しく酒杯を目八分に挙げ、目を伏せ、聞き惚れる形をする。山人の此のもてなし振りは殊に面白く見られた。小原節の功徳か小謡の功徳かは判らないが、御換はりのイワナが串ごと運ばれた。自分は之れを辞して洪越君の美声の功に報ゆる所が有つた。

夜は寒い。縁に出ると未だ戸は明けられてあつた。利賀川の颪の様な流の音の中に、カジカが遠く奏でゝ居る。目前の山には九日頃の月が輝き、南の方には明日我等が入る谷が、口を明けて待つて居るではないか。飛騨高原を吹いて来た春風は、乾いて居る。そうして甘い。

再び炉辺に来ると、已に皆酔ふて居た。自分の座の正面には、砲兵上等兵で、帰休中の此家の二男君が端然と座はつて居る。その膝には盛俊君の長男なる五才位の賢こげな男の児が抱かれて居る。炉の後の女人達は、今度は山の様に積んだゼンマイの和毛をこいて居る。春と秋は、山人の副食品の取り入れ時である。耕し得ざる山の肌も竹藪も、山人には美田に次ぐ大切なものである。気にくはぬ世の粟を食らはずと山中にかくれ、ワラビで命をつないだ一徹者を思ひ出し、自分は暗い板の間に積まれた、此のワラビを飽かず見つめた。一徹者の身の上を思ふよりも、われ若し餓へたならばと思ふからであつた。

老は云ふ。此の山地に田は無論足りない。只所有の山の木を木材会社に売り、其の伐り出し人夫に使つて貰ふのが、山人の生業の主なるものである。庄川の発電所が小牧の堰堤をしめ切れば、木材の伐り出しは出来なくなり、山人の生業もなくなる事になる、と。

三人は仏間に寝た。

昨夜は幾度となく眼がさめた。その度に、センバカツチヤのうすづく音が、かすかに枕に響いた。其れは少しも眠りを妨げないのみか、山家に泊つて居る事を、しみ〴〵と思はせて呉れた。夜は明けた。眼を開いて居ると、ナンマンダ、ナンマンダと唱へながら、此家の老婆が静かに這つて来た。仏壇の前に来たとき猫が啼いた。老婆についで来たのだらう。鉦が鳴り、老婆は再びナンマンダを唱へて出て行つた。起きてセンバカツチヤの水で顔を洗ひ、利賀の谷を見ると、晴れて萌黄色の空が輝き、今日も幸福らしく思はれた。

炉辺で家人に、猫が居るかとたづねたら、居ないと云ふ。仏壇の前で猫が啼いたと思つたのは、老婆が仏壇の扉を開いた音なので有つた。

下り立つた庭には、昨日盛俊君がヤマメを漁つた投網が未だ柿の木に干されてあつた。南の方利賀の谷から吹いて来る風は、関東の十一月頃の様で、冷たくさわやかであつた。谷は直ぐ左右に迫まり、山吹は随処の岩頭に咲いて居た。三十分程来た頃、暗い谷底の河原で、また五六人の子供が獅子の稽古をやつて居た。三人が足を留めて見て居ると、獅子舞の手を休めた五六人も、静かに自分達を見上げて居る。それは子供ではなく、獅子舞の稽古でもなく、五六人の山人が河原を開墾して居るのであつた。田島、中口、千束、桂尾なぞ、谷間の小部落を通り、大勘場に近づくに随つて、谷は迫り、尾根の雪は手が届きそうに、芽の固い峯の木立は冬がまへ其のまゝに見へた。絶壁についた広い道が尽き、ゆるい山の傾斜にある大勘場の家居に出る。山水は家々の間に段を為して落ち、一段毎にセンバカツチヤを動かし、飛沫の中に小かな虹が立つて居た。一軒の家の前に十人近い杣達が、各々大きな荷物を地に下ろして何ものかを待つて居る。「牛首に行かれる方々か」と聞くと「そうです」と云ふので、同行を頼むと、一同無言で快くうなづいて呉れた。一人の若い伊達者の杣は、カモシカの毛皮で作つた腰敷を、紅白の緒で地に触れる計りに腰に吊つて居た。シヤツもモ、ヒキも真更らだ。鋸や斧をつゝんだ夜具、其れを巻いた莫蓙も匂ひ高く新らしい。雪解と共に、奥山に木を伐りに行く、晴々しい杣達の心祝ひであらう。其処へ、頭の左半面がはげた杣頭が現はれた。我等三人の同行を聞いて、之れも快く柔和な笑顔を見せて呉れた。杣頭は提げて来た一升壜の口を抜き、三つの茶碗で先づ我等三人に差した。自分は辞す可きでないと、呑み干した、山酒は辛い。後は杣達に次々に茶碗が廻はされた。大勘場から牛首峠を越し、飛騨の牛首村迄の山越しは、今年は此の一行が最初である。雪渓は一々足掛りを掘つて行かねばならぬ。仕事始め道拓きの門出の酒は、敬虔、玲瓏なる心で呑む可きである。

杣達は揃つた。杣頭の袢纏には、飛州木材会社と染め抜いてあつた。杣頭はしきりに三人の山入りの理由を聞きたがる。山遊びに来たと云ふだけでは、余りの深山を知りぬいて居る彼を納得させる事は出来ない。「礦山の調査でせう」と彼は云ふ。掛声もなく軽るげに、杣達の荷は脊負はれた。一人々々細い田の間の径を伝つて、大勘場から出て行く。その径は急に利賀川に下り、杣達の姿は落ちる様に隠れた。その山の端の畑には、二人の老婆が畑仕事の手を挙げて、ホーイ、ホーイと谷底に向つて山越しの杣達をはげまして居る。老婆の向ふには、残雪を帯びた三ケ辻山と人形山とが寒げに立つた居た。自分が山畑の径に来た時は、杣達の新らしい檜笠は谷に入りつくし、丸木橋を渡り、或者は対岸の絶壁に蝸牛の如くからみ付いて居た。山畑の老婆は未だ手を挙げて居る。杣達は何とも答へぬ。又ふり向きもせぬ。三人が此の絶壁にからみ付いた時杣の一行は上流の河原で、手並を見てやれと云ふ顔付で立つて居た。

利賀川の姿は、此の辺から一変し、深山の形相は、先づ此の絶壁からみで自分の荒胆をひしいだ。狭い空谷を上り、始めて林道に出ると、其処には紫紅色のミヤマカタバミが咲き乱れて居た。谷が深いので森林の芽は固い。栃の巨木の下で一呼吸入れて居た杣達は、自分が追ひ付くと共に、一里を二十分で行くのだと云ひ残して、飛び立つ様に立ち、直ぐ森林の奥へ消へた。川は遥かの下を流れて、足音で立つた尾の長い鳥が谷の上をゆう〳〵と対岸の樹の中に消へて行つた。森林が尽き、左から大岩穴谷《おほいはなだん》の渓流が来て居る。水際に立つて上流を見ると、雪解水が増して、とても徒渉出来ないと云つた河は之れである。日暮になると、未だ日の当らない谷の奥には、残雪をべツトリ付けた、三ケ辻山が一切の人情をゆるさない冷酷な姿で立つて居た。徒渉点を見付けるためウロ〳〵して居る処へ、追い付いた杣頭が、岩の上からオー、オーと呼びかける。振り向くと黙つて浅瀬を指した。此処を渉れと云ふのだ。杣頭は先づ渉つて見せた。自分も続いて渉つた。水は膝に達するのみだが、冷たさは骨に徹する。岸に上ると、雪渓が来て居て、雪渓尽きて、又かすかな林道が現はれた。

林道は、大岩穴谷をはなれ、利賀川の本流水無川の左岸高き森林の中に入るのだ。

巨籟君は朝から調子が悪い。何処か悪いのかと聞いても、何んでもないと云ふ。然し、万一の場合、此の山中では手も足も出ない。幸に杣達が先に進んで居るから、これと連絡さへあれば助けになる、と自分は出来るだけ足を早め、杣達の檜笠の輝くのを見失うまいとした。或時は雪渓の上に這ふ虫の様に之れを見た。或時は密林の中を足早に駈ける木魂の様に之れを見た。又或時は岩角をグルリと廻はつた平に、一同ゴロリと身を横へて休んで居る所に出合つた。箱淵の上の大雪渓の横断線は、千尺位の所にある。先に通つた杣達の作つた足掛りはあるが、多数が踏んだので丸味が出来て不安でならない。自分は更にアルペン、シユトツクで、其の足掛を掘り拡げて進んだ。雪渓の傾斜は六十度を越し、足を滑らせれば、支へる何物もない、箱淵に滑り込んで永久に帰らぬ客となるのみである。かゝる直立に近い一枚の雪を見下ろした時、誰れも自身が滑り落つる時の姿を想像するに違ひない。想像の恐怖に囚はれた時、人は想像通りに滑り落ちて行くのである。思ふまい、只安全な足場を、と自分はコツン、コツンと雪を掘つた。雪屑は雪渓の肌をサラ〳〵と鳴らして落ちて行く。箱淵は人間代はりに雪屑が落ちて来たので不満で有つたらう。対岸ではほがらかに駒鳥が啼いて居た。

箱淵の雪渓を越した安心に加へ、谷が明るくなり、対岸の山が低くなると、樹々の間から、水無川の谷が見へて来た。林道を下ると、水無川と牛首峠から来る支流との合流点である。水無川の吐口には流材用の川関があり、山桜の真盛りの一軒の家が見へた。本流の丸木橋を渡り切つた河原には先着の杣達の荷が置いてある。川関の上を渡り一つ家に来ると、杣達は已に一ぱいになつて休んで居る。恰度正午であつた。水無川の角の木蔭で昼飯にして居ると、杣達が見付けて、家に入つて休めと迎ひに来て呉れた。此の水無川の奥にはまだ六軒の人家があり。又阿別当の百沢氏の所有のワサビ畑も有る筈だ。又此の渓谷を登りつめ、一気に飛騨の角川に出る林道もある筈だ。山は低く明るく、越中の山水ながら、飛騨に近いため、すでに人を脅迫する姿は見へない。

カモシカの杣を先にして、杣達は一軒家を出て来た。河原に残した荷を背負ふや否や、牛首川の雪渓をスタ〳〵と上つて行く。雪渓の傾斜はゆるい。半は流れになつて居る上に、今朝来の暖気で、雪はグズ〳〵にゆるみ、踏めばザクリと熊笹に足を突込むのだ。湿原には黄金色の花を付けたエンコウソウの群落が春日を射返へす如く輝いて居た。阿別当の人々は、此の渓谷から南方の傾斜せる大森林をアテビヨー山と呼んで、よい働き場として居るが、一面には毛皮獣の密猟地として富山県でも取締りに手を焼いて居る所である。見得る尾根は尽く飛越の国境で、天生峠に続いて居るのだ。雪解水の中に、アテビヨー山から押し出された、五坪程の大きな桂の根株がある。簇生せる小枝からは、紅の新芽を吹いて居た。杣頭は

きれいだ。

と、口を極めて称美して居たが、桂の後に廻はり、職業的に鋭い目を働らかせて、伐り出しの算当をして居た。雪解水は生ぬるい。雪の去つた草原には去年の草が措葉の

様になつて、その下から種々の草の芽が春を知らうとして頭を出して居た。一時間程上ると川は更に細く二つに岐れる。北の方に入り三十分程上ると又小さく二つに分れる。此の分岐点の岩の上で、杣達は荷を下ろして休んで居た。自分も巨籟、洪越の両君も此処で漸く一つになる事が出来た。

此処は牛首峠の首筋に当る所だ。腹ごしらへが出来て立ち上つた杣達は、左右何れの渓流にも入らず、直ちにその中央の熊笹の中に分け入つた。十五六分で熊笹の中を抜け出た時には、已に杣達の檜笠も見へず話声も聞へなかつた。小さい平地が見へ、若葉せる栃の大木の蔭に溝の様なものが現はれ、溝が尽きると、直ぐ向ふ側にも溝が有つて飛騨に下つて居る。

牛首峠の頂上である。溝と見たのは越中と飛騨の渓谷のはじまりなので有つた。正面西南に開けた、樹々の間から、白山つゞき、飛騨と加賀との境の山々の雪が見へた。

五月二十日午後三時四十分飛騨の国に入る。

と、叫んで、三人は思はず顔を見合せた。

牛首峠の飛騨側は平である。水もゆるく流れ、栃の巨木が丁々と立ち、辛夷の花が見渡す限り咲いて居た。道も立派で、かつ飛州木材会社が木材伐り出しに使用した木《き》馬道《うまみち》が残つて居た。木馬道は牛首村まで自分達を導いて呉れるのである。あの杣達に一言の挨拶をしたかつた。今頃は、飛ぶ如くに木馬道を下りて居るだらうと思ひながら、三人で大きな栃の倒木に腰をかけた。洪越君が満開の辛夷の枝を折つて来たので、その下で清楚な香りをさかなとして、塩気のない握飯を食つた。百千鳥は四囲の山で囀つて居る。

木馬道の両側には珍奇な形をしたザゼンソウが数かぎりなく咲いて居る。取りすました其の姿は、ポカリと一つ食はしたくなる。ポカリ〳〵とザゼンソウの頭を叩きながら、又酸ぱいイタドリの芽を食ひながら、平和な山を下る。牛首村に来て、杣達の宿を探し出し、門口から礼を云ふと、一同暗い家の中に居つて、相もかわらず黙つてうなづくのみだ。無口な杣達は、明日から、彼等より一層無口な深山木を伐るのである。

利賀川も庄川に落ちる。牛首峠を越へた牛首川も庄川に落ちる。昨日と今日は庄川の流域、明日天生峠を越してから二日間は神通川の流域となるのだ。牛首と天生は尾根伝ひに来れば二三里に過ぎないが、之れを下り又上れば三日を要し、奥飛騨山水の秘は此処に蔵されて居る。天生峠は由い道が通じて居る筈だ。然し角川から越す楢峠は越せるかどうか大きな疑問として迫つて来た。それも明晩解決の出来る心配だ。今夜は明日の天生峠越しを楽しんで夢を結ばう。

牛首川絶壁の桟道から、白山が見へたのは五時を少し過ぎて居た。下つて戸ケ野の上に来ると、春の夕日の中に白川郷の盆地が展開して来た。庄川は盆地の中央に輝き、空にはソウ〳〵たる流の音が満ちて居た。戸ケ野に下りると植へ付けたばかりの美田の中に、旦々たる道路があり、南に当り雪を付けた三方崩山の険はしい姿が立ち上つて居た。荻町を見て牛首川と天生峠から落つる水との合流点の橋を渡ると、其処には天生峠に通ふ小径が来て居た。庄川に架した吊橋のたもと、城山館と云ふ、名だけいかめしい宿に投じた。春日は未だ高い。通された二階の部屋は、西向き川添ひながら、障子は燃へ出しそうに熱い。巨籟君は案内した主婦に、

晩飯には缶詰類は一切ならぬ。と言ひ付け、自分も

何んでも由いから、此の土地に出来たもので飯を食はして呉れ。と、命じた。店頭のガラス戸棚の中に、時代の付いた、イワシの缶詰とアワビの缶詰を発見したからだ。風呂の沸くまでと三人は熱い夕日の中にゴロリと横になる。浴後の夜食の膳は、果してタケノコ、ヤマウド、ゼンマイ、ワラビと玉子の取合せだ。自業自得とは云へ腹の中に藪が出来そうであつた。食後一人で外に出ると月は天生峠の方に上つて居た。家の前は一段高くなつて田になつて居る。子供が唄ひながらやつて来る。昔は或は小さな宿場であつたかも知れない。荻町と云ふけれど、町と思

つては間違ひである。越中に向いても、汽車のある城端まで十里、南に庄川に沿ふて行つても、二十里で漸く美濃の八幡町に出られる。古川町へも天生峠を越して十里、西に向へば白山つゞきの妙法、野谷荘司、三方岩、瓢箪《ふくべ》、笈、大笠、奈良、見越、赤《あか》摩木古《まっこ》なんぞの山々がギッシリと並んで、覗き見もゆるさない。去年二台の自動車が、勇を皷して岐阜から這入つて来たが、庄川の絶壁に恐れをなし、ホウ〳〵の体で逃げ去つてからは、里人から自動車の夢は掻き消されて仕舞つた。米は無論足りないので、牛馬や人の背で越中から運ばれ、若い女達は越中の東礪波郡や西礪波郡に奉公に出て、生きた海の魚を見て驚いて居ると云ふ。月は静かに此の盆地を輝して居る。越中に下つても、又美濃に向つて遡つても、絶壁が十里も二十里も続くとは思へない平和な姿である。白川の大家族制度はかくして此処で発育したのだ。白川郷の人は大家族制度、大家族制度と云はれ、家をのぞかれたり、質問されるのを非常にいやがつて居る。此頃は何処へ行つても、「今時はモウ有りませんよ」といやな顔をする。越中下梨に行けばあると云ふ。下梨に来れば、「其れは昔の話です」と蹴付けて「西赤尾には一軒あります」と云ふから、西赤尾に来れば、家こそ其れらしいのは有るが此処も「昔の話さ」といやな顔をされる。荻町で聞けば、此処から三里南、白山の裏参道に当る御《み》母衣《ほろ》には間違なく一軒あると云ふ。何の事はない蜃気楼を追ふて海上に漕ぎ出す様だ。庄川の橋の上に来ると、川の上下で瀬音をつらぬいて澄んだカジカが鳴いて居る。南正面には三方崩山の残雪が、ホノボノと月に光つて居る。風は暖く乾いて、東海の初夏の夜の様だ。しばらく逍遥して宿にかへり、ランプの下で十数枚の葉書を認め、十一時頃次の間にのべられた清い夜の具に入つた。眠れよ、眠れよと蛙が啼いて居た。

白川の夜は明けた。

庄川にのぞんだ洗面所で楊子をつかつて居ると、橋上に人声がする。城山館の女将や娘や女中にかこまれた、若い小学校の先生らしい男が足早に通つて行く。背に四歳位の女の子が眼をパッチリと明いて背負はれて居る。背負はれて居ると云ふよりも、飛び去るのを防ぐ為めに縛り付けたと云ふのが適当らしい。靴の代りにゲートル無しで草鞋をはいた姿は、東海道を上つて来た官軍の様だ。対岸の橋詰まで行つて互に腰をかゞめて挨拶を交はしてるのが見へる。其時又橋上に一人の女性が現はれた。上着の裾をはしより、長襦袢をあらはにし、白足袋に草鞋ばき竹の杖を持ち、橋の中程の所で帰つて来る宿の女達と出逢ひ、大声に別辞を交はした。

宿の娘と女中はキヤツキアと笑ひながら帰つて行くと、女将もあとから之れも笑ひながら、両人をたしなめ乍ら帰つて行く。朝飯の給仕に出た女中に、

「さつきのは、転任の先生かい」と聞くと、

「イヽエ、此の白川の方ですが、岐阜からチヨウハイ（墓参）に来られて、今日城端から汽車で岐阜にかへる方なのです」

「何があんなに可笑しかつたのだ」

「男のくせに子供をおぶつて居るのですもの」

女中は思出しても堪らないと云ふ様に、下を向いて又クックと笑ひを押へ様とする。名にし負ふ飛騨の白川から城端まで十里の山道、城端から汽車で岐阜に帰るのである。悠遠な感じがしないでも無い。子供を背負ひ、妻を護り、あの小瀬峠を越して行く人の面に、緊張の色の浮ぶのは無理もなき事だ。自分が数年前の秋、小瀬峠を越した時には、今日の如く巨籟君が同行した。二人は袴腰山の上に日本海を渡つて来た一連の行雁を見た事を記憶する。小瀬峠を越して行く官軍姿の男の張りつめた面が、再び眼底に浮んで来た。


女将と娘と女中が「富山まで御一緒に参りませうか」と、笑ひながら、天生峠道の口までと送り出て呉れた。三町程来て、帽を振り手を振つて別れ、右に折れて天生峠道にさしかゝつた。今日も晴れだ。旅人には晴と風呂とが何よりの御馳走、甘い肌ざわりのよい風の中に、坦々たる道が走り、昨夜の一浴と熟睡で神身爽快な三人はその

上をあゆんで居る。峠道の例に洩れず、まづ朴突な動作をして居るセンバカツチヤが現はれた。峠を落つる水と石との配置は越中の水と石の如く激して居ない。人工を極めた庭園の様で、之を覆うた密林は若葉を着飾つて居る。

峠は何処だらう。

重なつた山は、何処を其れと指し様もない。只山の間にチラと見へた冬の姿の森林、恐らくそれが天生峠の尾根つゞきにでも成るで有らうと思はれた。左の山一つ越せば昨日下つた牛首川、背後には白川郷をつゝむ。白山つゞきの妙法山、野谷荘司山などの残雪が光り、百千鳥は午前の練習をやつて居る。岩頭には夢にも忘れない山吹の花が反り、栃の木は旅人のために若葉の枝を道に差し出し、道端の山清水では二人の杣が筒に水を満して居た。

花桐や重ね伏せたる一位笠

行く春や旅人憩ふ栃の蔭

山風が樹を渡る様な声がつゞくので、目を上げると遥か高い絶壁に、端正な姿をした高滝が懸つて居た。高滝を見て少し行くと、道は急に南に折れ、終に暗い暗い天生の国有林に入つた。白川郷の人が、人の香りを慕つて神通川の畔に出る唯一の山道である。「高野聖」には此の峠で「ネチ〳〵した陰険な越中売薬」が美女に迷ふて馬になつたと伝へて居る。今でも一日に一人位が角川にぬける許りで、森林には腐つた大木が谷川にのめり込み、おじけ付けば水を呑む大蛇とも見へるのだ。谷川の畔に残つた雪は木の間を洩れ来る春の日で、白銀の様に輝き、芽の固い木末は青空に首を延し、暗い足元の岩かげからは、幾度もミソサヾイが飛び出した。たゝずめばイタヤカエデの花が暗い木末から静かに散りかゝる。

森林の逍遥は「もの思ふ」によい。逍遥を許さない自分の旅ではあるけれど、心は自ら生活を思ひ理想を追ひ、家を思ひ又人を思ふ。三人は二三町の間を置いてはなればなれになつた。思ふ所も違ふだらう。自分は頭を垂れ、一歩々々と重い歩みを運んだ。思ひは千々に砕け円かに結び、雲霧の如く消散し、又芽生への様に繰り返へして果しがない。呼吸を吐きつける黒土は、千々の思ひを吸ひつくさんとする。吐けども吐けども炎の如き愚人の呼吸は絶ゆる事をしない。熊笹が見へ、森林が疎らになると桜の花弁が何処からとなく飛んで来た。残雪が見へ、栃にサルヲガセが懸り、終に頂上の平に出た。一面の熊笹、その中に栃が丁々として立ち、我等の道は其の中を東へ走つて居る。乾いた土に腰を下ろして待つ間もなく、両君は上つて来た。

「大きな蛇が居ました」と巨籟君が云ふ。

「どの位でした」

「八尺位」

「ヤマビルは」

「居ました」と今度は洪越君が答へた。

「幾つ」

「一つ」

「どんな形でした」

「ムカデ、いやトカゲの様でした」

「いゝものを見ましたネ、僕も見て置きたかつた」

こう云つて、自分は「高野聖も此の二つに悩まされた」事を思ひ浮べた。目の上に見へた妙法や野谷荘司の山々が殆ど目の高さに来て居た。

峠の頂は南から北へ、平地に近い傾斜をなして、木蔭はベツタリと雪が残り、道は隠されて居るので、遠くに露出した道を見付け、それを日当に雪の上を歩くのだ。雪の下には雪解水が音を立てゝ北に流れて居る。高滝の源となるのであらう。戸のない避難小屋が雪の中にしよんぼり立つて居た。土間には古い焚火の跡があり、板壁は落書で一ぱいだ。一日に一人あるか無きかの旅人が、天生峠を越し得た興奮を、廻らぬ筆で書きしるした無味簡単な文句も、山越しの人の胸には響くものがある。

道は東南面に下り口を取り、日当りがよいので雪はさかんに解けて居た。ウカ〳〵と雪の上を歩いて居る内に、せまい谷に行づまり道は見へなくなつた。五六十尺上の雪の中に道らしいものが見へる。上つて見ると果して道であつた。道は再び上りとなり、尾根一つ越すと、雑木林でおゝはれた大谷が開けた。谷は見渡すかぎり辛夷の花ざかりで、気品の高い清香が面をかすめる。道は谷底を行くのだが木が低いので明るく、白川側とは黒と白との感じの違ひがある。一時間余を下りに下り最後の尾根を越すと、眼前十五里、小鳥川（ヲドリガワ）の峡谷の上に、穂高山を中心にした日本アルプスがうつすりと霞の中に現はれた。天生の山村が見へてから三十分、村に入ると村をはしる水は相変らず家々のセンバカツチヤを動かして居た。小鳥川の吊り橋を渡り、始めて広く固い小鳥街道に出た。道ばたの掲示板に「昨日正午頃、船津町に大火があり、同町は全滅したらしい」と書いてある。重大事ではあるが、「らしい」と云ふ所が如何にも山深い感じだ。小鳥川上流二十に近い山村から、しきりなしに牛馬が通ふので、街道は牛馬の糞だらけで、蠅が非常に多い。顔にポン〳〵ぶつかるので、払ひながら行くのは容易でなく、清浄な山路を歩いて来た者には堪え難き苦痛だ。半日此の街道を歩るかせられゝば間違ひなく発狂する。

三人は囚人の如くに東に東にと歩ませられた。

天生峠は已に山の重囲に落ちて居る。天生のみでない。昨日越した牛首でもそうであるが、頂に立つた時でなければ、峠として感じられ又見る事も出来ないのが、飛驒の山路の特長である。「あすこが峠か」と指しながら進む事は出来ない。そうして下つて仕舞へば、峠は神秘の如く直ぐ山々の後にかくれ、「御前達の命を取らなかつたのは御慈悲であるぞ、おれの姿を見ようなぞと大それた心を起すまい。只おれの姿を思へ」とさゝやく。

雲行きが次第にあやしく、羽根の吊橋で終に雨は追ひ付いた。木蔭に入りリユツクサツクから莫蓙を出して着た。両君は「業山な」と云ふ顔をして居るが、折角持つて来たものが役に立つのだから、「モツと降れ〳〵」と祈つた。けれど二三町にしてやむ。退屈して口をきくのもいやになつた時、山の間に角川の宿の屋根を見出し急に元気が出て、角川では鬚を剃つてサバ〳〵しようと思つた。小鳥川渓谷の突き当りには、三角堆の山が座つて居る。神通川にのぞんだ高山と云ふ山である。

角川の宿外れに開けた楢峠の登り口で通りかゝつた老人に峠の上の様子を聞くと、「ワシは大長谷村の者で、昨日峠を越して来た。峠の上は一面の雪で様子を知らなければとてもあぶない。途はあるが、六十年前に一度切り開いたまゝで、分る筈はない」と云ふ。

之れを聞いた巨籟君は

「あの老爺は案内して案内賃を取らうが為めにあんなおどかしを云ふのだ。天生より標高も低い上に、天生の雪でさへあの位であるから心配する事はない」と云ふ。然し

自分は
「標高は低くとも、谷は北に傾きせまくなつて居るから、雪の解け方も天生程には行くまい。一面の雪と考へるのが当を得て居る。時間をかまはぬ旅ならよいが、明日は是非とも八尾へ入らねばならぬから、山中で道をさがす様では時間を食ふ。案内者を雇はう。あの老爺がいやなら他にもよいのがあらうから」と主張した。

角川に入ると、後からリユックサックを背負ひ、色の黒い眼の光る若い洋装の男が追付いた。早くも巨鏑君がつかまへて楢峠の質問をした。男は不思議そうに三人を見て
「一体どこから来たのです」と云ふ。

牛首峠から白川に出で、今日天生峠を越して来たと云へば、

「天生金山の調査ですか」と又云ふ。

只の遊山だと云ふが、此の男も牛首峠の杣頭と同様中々信じない。終に自分の方を見て
「大阪の営林局の方ですか」と眼を張つた。

漸くにして山師でもなく、営林局の役人でもなく、只の山歩きだと判ると、

「それにしても、こんな所へ来るとは、御念が入つて居る」

嘲笑か感嘆か判らぬ事を云つた。自分が

「あなたは営林局の方でせう」ときくと
「そうです、営林局の者です。越中の五ケ山に出張して居た処、昨日の船津町の大火で、営林署出張所が焼失したので、応援のため非常召集を受け、今日大勘場から水無を経て、熊笹の中を這つて此処へ出たのです」と云ふ。
天生峠の下で見た掲示は「らしい」のでなく事実であつた。営林署役人は更に
「それでは、水無川の雪渓にかけた樹木や、足掛りはあなた方が付けたのですな」と、思ひ付いた様に云つた。
こんな話を聞きながら足早にあるいて居ると、突然
ボツ
と、爆音が起つた。振り向くと営林署の役人は洋傘と烟の出て居るマツチ箱を路上に投げ出した所だつた。煙草を吸はうとしてマツチが引火したのであつた。洋傘を拾ひ上げ片手に巻煙草を持ち、三人に向ひ
「マッチを御持ちになりませんか」と云ふが、三人ともあいにく煙草を吸はないので無いと云ふと、
「こりア不思議だ」と楽しみにした巻煙草をポケットに仕舞ひ込みながら、
「楢峠を越した事が有るのですか」と云ふ。
「有りません」

「そりア危険だ。峠の上は一面の雪で、途もなにも分りはしません」

「案内を付けたらい丶でせう」

「ソウ、案内が有れば心配は有りません」

此の人は未だ二里行かねばならぬと、我等に角川の宿屋の名を教へて足早に任に赴いた。

数分に過ぎない交はりであつたが、何となく別れ惜しい人であつた。

羽根の吊橋で逢つた雨雲は、小鳥川の谷を覆うて来た。イン〳〵たる雷鳴さへ聞こへ、終に沛然として猛雨は小鳥川の瀬音をかき消した。自分は床の間を枕に此の雷と雨とを聞いた。雨が過ぎたので鬚を剃りに出たが、二軒有つた床屋は申合せた様に主人が留守、鬚をこすりながら帰つた所へ、神通川のほとり落合と云ふ村に知人を訪ねた洪越君が帰つて来て、落合で聞いた船津町大火の実況を話した。二人の子を焼死せしめた母親が、一里を夢中で走け、藪に首を差し込んで死んだ話は悲しかつた。食後、月は上つた。往来に出ると高山の裾には濃い雲が下りて居る、其処は神通川の峡谷であらう。高山の中腹にも、帯雲がたな引いて居る。宿から二三軒先の小料理屋に三味線の懸つて居るのが見へた。こんな所で三味線を聞くのも面白いだらうと思ひながら宿にかへる。明日の長行程に躰に楽をさせるため、不用な品を小包で八尾へ送り、明日は午前九時には楢峠の頂に出る事とし、案内者の雇入れと、朝三時に起す事を頼んで寝りに付いた。

午前三時には三人とも眠がさめた。戸を繰ると、月は漸く西に傾かんとし、小鳥川の霧はホノ白くたゞよつて居た。宿の者が起きた様子もないので、身仕度をして又床へ入り、ウツ〳〵して居る心持のよろしさ、千金にも換へ難かつた。四時頃女中が火を持つて来た。案内者は来て居るかときくと、暁方に楢峠口で御目にかゝる事になつて居ると云ふ。宿を出た時には夜はすつかり明けて居たが霧は深い。宿の前の寺で驚く許りの大きな音で暁の鐘を撞き出した。

小女の案内で、昨日見た楢峠口に来ると、案内者らしい者は見へない。小女が其処ら二三軒の小家を叩き起して訪ねたが、どれも知らないと云ふ。終に製材所に約束した男を見付けたが、之れから飯を食ふのだから此処へ来て待つて居て呉れと云ふ。「峠を登つて行くから後から登つて来て呉れ」と云ひ残して小女を還へし、直ちに霧に埋められた峠口の、せまい谷に入つた。

山人の薪が道傍に積んである外、霧にかくれて何物も見へない。鳥さへ啼かぬ。上るにつれ霧の流れは激しく面を打つ、谷をぬけ山上に出た頃、はじめて両山が薄墨の如く見へた。それもしばしで忽ち濃霧に隠れると、足もとの山道まで淡くなり、身は虚空に浮んだ様だ。霧の中に二家（フタツヤ）の家居が見へた。四五軒の山人の家は、今起きたばかりで、侵入する濃霧を払ふため家毎に炉で焚火をして居る。一軒の家の縁をかりて案内者を待つと、家の者は熱い茶を振舞つて呉れた。

自分はどんな顔の案内者が来るか、すこぶる興味を動かして山下の霧を見詰めて居ると、近い山畑の霧の中に突然人間が湧き上つた。腕組みをして、くわへ煙管でフワリ〳〵と大股に峠を上つて来る。一見頼んだ案内者と判つた。自分は、「早く、早く」と手招ぎすると、彼も其れと見て、煙管を口からはなして近付いた。案内者の顔は予期した如く、自分の興味を満足させるに充分だつた。彼の顔は、少年の頃、九十九里の海岸で見た、床屋の富蔵君に似て居るからだ。富蔵君の顔は正面から見ると鯰の様で、横から見ると豚の様だ。自分が南白亀川で泳いで居ると、客の絶間を見て泳ぎに来た富蔵君は、東京者は水潜りが下手だと云つて、得意の水潜りで遠くの方からやつて来て、自分の足をさらつて水中に倒すのであつた。自分もしやくにさわるので、一度富蔵君が足の所へ潜行して来たのを見計ひ、早くも其の頭を川底にギユーと踏み付けてやつた。口や鼻へした、か泥を吸ひ込んだ富蔵君が、いよ〳〵鯰の本体を現はして、水底から浮び上つた時には、自分は堤に上り衣類を抱へて逃げる所であつた。その富蔵君に由く似たのが霧の中に湧き上つたのだから、面白くならざるを得ない。

「お前さんかへ、案内して呉れるのは」

「エヽ」と二世富蔵君はブツキラ棒に返事をした。

楢峠の道は、旧幕時代は八尾町商人が物品を飛驒に運んだ本道で、峠を中心とし両方に各三里にわたり、立派な石で築いた道があつたと云ふ。今は神通川筋が本街道となつて居るが、昔は此の道筋に当る越中大長谷村に関所があり、神通川筋まで出張支配したものである。此の山道は、今は二家の山人が角川に出るため僅か一里に利用されるだけで、二家から上は荒廃するにまかせてある。数年前金沢九師団の一隊が通過する時、角川から人夫を出して切り開いたのだが、其れも今は太古の様に草木が茂つて居るといふ。二家をはなれる頃から霧は晴れて来た。山畑や藪の中にかすかに古い石垣が見へる。

「洪越君、我々の先祖が歩るいた道だ。来てよかつたことといネ」と、巨籟君は洪越君の興奮を促さんとする。洪越君も祖父さんから聞された山民との面白い取引の話をし出した。藪の中には茄科のハシリドコロが花盛りだ。案内者は之を指して、

「キチガイナスだ。大戦時分には一貫目いくらで金になつたが、此頃は誰も見向きもしない」と云ひながら其の根を掘り、

「少しきざんで飲むと、しばらくして踊り出し、やがてグウ〳〵寝て仕舞ふ」と効能

を並べ立てた。霧が晴れ、熊笹が現はれて来た。

「此処から峠になるから、一とやすみ」と案内者はドカリと腰を下ろした。彼は又次の様な話をした。

「去年四月、富山の者三人が二家から案内者無しで峠に上り、越中境まで行つたが、雪解で大長谷の徒渉が出来ず、一夜を其処で明し、翌日再び徒渉点を探したが見当らず、空腹をかゝへて、此処まで戻つて来た時には、二人は一歩も歩けず、一人が二家に来て救を求めた。二家から人が出て死んだ様になつた二人を連れ戻り、三人は一日静養し角川に出て自動車で富山に帰つた。今日もその難所の徒渉まで案内する」と、余り心持のよい話ではなかつた。然し荒涼たる山上の光景を物語るに充分力のある話であつた。

此処から上は古い石垣が山腹に付いて居る。霧も薄く、日影もさし、鳥が四方で啼き出した。鳥の声を聞いた案内者は、秋の小鳥を思ひ出したと見へ、

「飛越鉄道が貫通すれば、秋の小鳥がまとまつた数で買はれるから都合がよい。今は何千羽とれても僅か高山町か古川町で食料に少し買はれるのみだ。飛騨では小鳥網の免許を受けたのは自分が元祖である。昔はツグミ一羽四厘した事もあつた。冬は楢峠で熊射ちをやり、モウ二三十頭は射つた」との自慢話をウン、ウンと聞いて居る内に

楽に頂上に来た。頂上からは霧のこめた二家峡谷の上に、晴れた飛騨高原が見へた。飛騨高原も此処で見納め、一歩峠を下れば越中へ下るのみだ。リユックサックを下ろし、氷砂糖をかみながら別れんとする飛騨高原を眺めた。

峠から北は、案の定一面の雪だ。下り出して間もなく、左手に水無川にぬけると大きなワサビ沢が現はれ、その上には、容易に姿を見せない、金剛堂山の頂の木立が見へた。奥深い金剛堂山も裏から見れば恐ろしくも思はれない。それも一町とは見て歩けず、直ぐ山の重囲に隠れた。若し再び其の姿を見ようとして戻つたならどうだらう。見へるだらうか。見へなかつたら嬉れしい。其れは「神秘なる久遠の女性」だ。「山男の久遠の恋の対象」だ。自分は常に山中で起るこんな幻想を抱きながら雪の上を歩いた。遥か先に立つた案内者がしきりと手招きする。近づくと雪の上を指して

「熊の足跡がある」と云ふ。

人間の掌位で爪の跡がマザ〱と見へる。

「大きな奴だ、三四十貫はあらう。昨日の今頃此処を通つたのだ、旦那方が昨日峠を越したなら、此辺でうまく逢へたんだ」と面白そうに云ふ。

「熊との対面は御免もらひたいが、こんな足跡を見ると、パンと一発射ちたからうガイ」と、巨籟君が応酬する。彼は、

「ウン」と鼻先で笑つて居た。

「熊は啼くか」と又奇妙な問ひが巨籟君から出た。

「子供の時は啼くが、大きくなると何んとも云はねエ」

「然し、追ひ詰められた時は、どうする」

「そんな時は、吐鳴《どな》り付けるだ」

「どんな声だナ」

「ウーワーツ……」

自分もウーワーツとやつて見た。


道は平らな雪の上、加ふるに下りである。鼻唄なぞうたひながら四人は四町程に延びて歩いた。雪は大分軟かになつて来た。人に踏まれた若木の幹は、反動でピンと雪を跳ね起して立ち上る。一里余も下ると谷が開け赤土の平に出た。昔は仁右衛門屋敷といひ、八尾から飛驒へ越す牛馬宿の跡である。今は角川や二家の人に「原山」と云はれカヤの刈場となつて居る。深山に突然現はれる平は、何となく物凄い。春の空は限りなく晴れ、北の方には越中の南側をまもる小白木峰が静かに立つて居る。川は此辺から急傾斜をなして越中に落ちる。枯草の上で一同昼飯を食ひながら、此処で始めて二世富蔵君の本名を聞いたら、角川の産で政井辰次郎といふとの事であつた。

此の渓谷には黒蛇が多い、雪があるから越せるもの丶、夏なぞはとても山越しが出来ないのであると。此の蛇に付て物語りがある。

仁右衛門屋敷が繁昌した時分、此処に何処からとなく一人の美しい女が来た。仁右衛門屋敷に一夜の宿を求め、其の翌日も其処を去らうともせず「どんな御用でもするから、此の山奥に置いて呉れ、若し追ひ出され丶ば、山中に入つて死ぬばかり」と思ひ詰めて云ふので、仁右衛門屋敷の者も、牛飼や馬追ひの気なぐさめとならうと、其儘に置いた。美女は昼夜の別なく忠実に働き、又数多い牛飼や馬追の中では、いやらしい事を云ふ者があつても柳に風と受け流して誰からも愛されて居た。其の内、飛騨側から単身此処に来た若い男が有つた。美女は給仕に出た。其の男は飛騨には魚が無いから越中の海へ行くのだと女に物語り、翌日越中側に峡谷を下りて行つた。数ケ月を経て又飛騨側から此の若者が上つて来て此処に泊り、同じ様に美女の給仕で食事をしながら「飛騨には魚がないから越中へ行く」と云つて、翌日は又越中に立つて行つた。かく二三ケ月毎に此の若者は姿を現はすが、飛騨から来るばかりで越中から飛騨へ帰つた姿を見た事がない。美女は何時となく此若者を愛して居た。「飛騨には魚がない」といふ男を如何にして慰めてやらうか、荒瀬にヤマメも居ない、あ丶魚が欲しい、魚が欲しいと思ひつゞけた。春が来た。燕は如何なる山奥でも、人の軒と見れば訪ねて来る。女は営巣にいそしんで居る燕を見て、

「若し軒をかりた恩を知るなら、来年は「魚の種」を持つて来て呉れ」と話しかけた。翌年の春になると、燕は間違ひなくやつて来た。美女は待ち兼ねて巣の中をのぞいたら、見なれぬ卵が二つあつた。「魚の種」に違ひないと、之を取つて水に放つと、二つの卵は二つの小さい黒い蛇になつて草の中に這ひ上つた。男を愛し、又燕の信義を信じ切つた美女はその夏例の如く「飛騨には魚がない」と云つて仁右衛門屋敷に泊まつた若者に、此の黒蛇を焼いて食はした。若者は「越中の魚よりうまい」と云つて舌鼓を打つて食つて居た。美女は恋がかなつた様にイソ〳〵と喜んで居る内に、若者の形相は急に変はり、獣の様な唸り声を出して戸外に飛び出し、そのまゝ行方不明になつてしまつた。美女も驚ろいて夜の明けるのを待ち、若し死骸となつて其の辺に有りはしないかと尋ねたが終に見当らず、越中から来た人、又飛騨から来た人に其れとなく若者の行方を尋ねるが、其れらしい者を見たといふ者もなく、夏は過ぎ秋は来た。黒蛇も冬ごもりする頃となると美女は次第に容色衰へ、人目をきらふ様になり、終に「飛騨から来る人」「飛騨から来る人」と呼びつゞけて、山に入り之れも行方不知になつた。

今、此の谷を埋める黒蛇は、その燕の持つて来た、南洋の蛇の子孫である。黒蛇にまつわる哀れな物語りと、山男が山を恋ふる心とは、共通するある淋しさがある。さびしい春の深山で聞くにふさわしき話であつた。

此処を立つて四十分も雪上を下ると、右手対岸に万波高原に行く径が現はれ、漸く越中の国に入る。巨籟君は、

「越中の婦負郡だ。モウ自分の家も同様」と子供の様に喜ぶ、山や水は越中と見ると急に険悪になり、谷は左右に絶壁となつて迫り、川は滝の様に落ちて行く。徒渉二ケ所、三ツ目の徒渉に来た時、川を前にして案内者はドッカと腰を下ろして、

「此処で御別れだ。之れが一番やつかいな渉りなのだ」と煙草を吸ひ出した。

膝までの水ながら、急な流れは足をさらわんとする。

「かみに向つて、かみに向つて」と巨籟君の大声の注意を受けながら、無事に渉り、対岸に三人が揃ひ、川をへだて、案内者と別れた。彼は例の如く両腕を組み、もと来た方へ上つて行つた。道は土を浴びた崩雪の斜面に付いて居る。二町程下ると道は水際に尽き、対岸絶壁の下からよい道が下に延して居る。又徒渉だ。三人は期せずして、

「だまされたナ」と思つた。水は石に激して深く、石と石の間は飛ぶには余りに長い。気のせいか雪解水は刻々に増して来る。独り下流に徒渉点を探しに行つた洪越君も「ダメだ」と帰つて来た。三人は別々に石の上をかけめぐつて徒渉点をさがした。終に巨籟君の案で、上流から三間余の流木を引きずつて来て、之を中流の石に渡し、洪越君は岸で一端を押へ、長杖でその石に飛んだ巨籟君は他の一端を押へた。自分は之

につかまつて腰までの急流を渉り、浅瀬へ来た時、フト上手の深淵をのぞいて「深いナ」と思つた瞬間、右手のアルペンシユトックは石をすべり、ヅブリと半身を深淵に沈めた。一二度立ち上らうとした。巨籟君が後から自分のバンドをつかんで引き起して呉れた。青くなつて岸に上る。と、左の拇指は肉が裂け、血がほとばしり、両膝は水底の石で衝いてガク〳〵になつて仕舞つた。一時間を要した此の徒渉の間も、頭の上の絶壁に静かに咲いた山桜は、急流と闘ふ三人の動作を冷かに打ち眺めて居た。

二町下ると又もや道は真白な崩雪の上に尽きた。対岸にも崩雪が迫つて断崖をなして居る。只下流には道の緒口らしい所が見へ、その間を水は逆捲いて落ちて居る。モウ徒渉の勇気もなくなつた。時間を要してもい丶から、絶壁をよぢ、尾根をたつて下り、適当な徒渉点を見出そうと云つたが、巨籟君は耳もかさない。崩雪の表面に出来た穴に入り、水際の石に姿を現はし、「渉れる」と叫ぶ。自分と洪越君が、崩雪の下を這つて水際に出ると、一間半程の中流に浅瀬が見へる。巨籟君は再び長杖で浅瀬に飛び移り、自分に飛べと云ふ。飛んで巨籟君に抱き付けと云ふのだ。思ひ切つて飛ぶと、その浅瀬にペタリと膝をついた。水は自分の躰に激して泡を立て又もや流されんとする所を、再び巨籟君に引き起された。強情我慢の自分も一言もない。崩雪の横つ面につかまり、臍までの水の中をあるいて、スゴ〳〵と土の岸につく事が出来た。道は此処から急に断崖を上つて行く。谷川は、

「モウお前を驚ろかさないよ、グードバイ」と下へ下へと落ちて行く。三人はホッとした。

「モウ八尾まで陸ばかりだ」と巨籟君の言ふのが妙につらあての様に聞えて、穴へ這入りたい様であつた。

「あの山桜を見ましたか」漸く人心の付いた自分は口を切つた。

「恐ろしい徒渉があるとは夢にも知らず、遠くからアノ桜を見ながら歩いて居ました」と巨籟君も笑ふ。道ばたにはヤマシヤクヤクやヒナリンドウが咲いて居る。両君は庭に移すといつて、掘つて居る間、自分は朽木を拾つて、断崖から落し、人が落つる時の恐ろしさを想像して見た。花盛りの椿林をぬけると、金剛堂山の懐に入る西瀬戸谷が左手に見へ、森林越しに大長谷川は広い川となつて居るのが見えた。道ばたに藁塚の様な小屋がある。小屋の主は七十を越した老人で、今日三人が通つて来た二家の者だが、子と意見が合はず少しの家財を分け、楢峠を越して此処に暮して居るのであるといふ。自分は想像し得ない程の人生の淋しさを想像する事が出来た。大長谷川の渓谷は益々開らけ、大谷、杉谷なぞが右手に小白木峰から落ちて来る。ワラビを乾した一軒家に休むと、青臭い山草に醤油をかけたのを食はせた。島地まで一直線に二里、栃折峠の頂上で、烏の巣立の様なガマの啼声を聞いた。此の頂を二三歩下れば、モウ飛騨の山は見へない。振り向くと、同じ様な山が重り合つて、どれをどれと見分けも付かない。

三人は四日目に、再び霞の底の越中平野に下りるのである。祖父嶽の渓谷をぬけ、野積川の吊橋を渡り、布谷で菓子を食ひ、清水を呑み、一言も発せず、後になり先になり、二里の道を八尾へいそいだ。山田には泥だらけな農夫や農馬が働いて居る。新らしく築いた山端の田の底に岩を打ち込んで居るのがある。世の中は忙がしい。楽ぢやない。八尾町はづれ、仁歩村の上り口で此の旅は一週するのである。その上り口に立つて、自分は帽を取つて両君に、

「御苦労でした」と挨拶をした。ホントに御苦労をかけた。

巨籟庵に着いたのが六時三十分、山家の時計の当てにならないのと、自分の時計が四十分も進んで居た事とで、予定よりも二時間も早い。巨籟夫人の心厚い夜食を御ちそうになり、八時四十分の汽車で富山に向つた。車窓にはさかんに蛍が飛ぶ。自分は富山市に入るのが何となく苦痛だつた。

さび・しほり管見

寂《さび》と栞《しほり》は蕉門唯一の俳句理論、しかも茫乎として精彩を欠いてゐる。

昨年十一月の初、富山県国語漢文学会が富山市の富山中学校で開かれた時、私は始めて潁原退蔵氏と知ることを得た。当日氏は「芭蕉の寂と栞に就て」、私はまた「俳句の実作と時局関係」の講演をしたのである。私の心構への主なるものは講演をするよりも潁原氏の寂栞に関する説話を承はるのに有つた。人を知つて後に其の人の著書を見るのは、その内容を知り又学び得ることの多い点で、大いによい方法なのである。その翌日富山県井波町で開催せられた芭蕉二百五十年忌の講演会でも氏と一緒になり、つゞいて十一月二十三日大阪市で開催せられた日本文学報国会主催の芭蕉二百五十年忌の式典席上でも氏と相見た。富山に帰へつてから私は潁原氏が書かれた芭蕉の寂栞に関する著書や論文を手元に揃へて、ポツポツと読み出した。潁原氏と相見たことが、どんなにか寂栞に関する理解を早めたことか、理解を早めたとは古人に対し又潁原氏に対して僭越であるかも知れないが、暖簾に腕押しをするやうな此の寂栞論に、幾分でも理解の端緒を見出したのは悦んでゐるところである。

俳句の歴史は古い、けれども俳句理論は全く哀れとも云ふべき姿で、芭蕉の当時の如きも、論議と云へば揚足取りか、知つたか振りか、相手の無学よばりをする程度のものが多かつた処、芭蕉に至つて始めて寂・栞・細み・かるみ等の評言で、蕉門文学論が形成したのであつた。それとても誠に寄り所の少いもので、芭蕉が遺した二三の評言を頼る外には確たる文献は無いのである。従つて後世になり伸縮自在・我儘勝手を極めた解釈が其の間に挟まれて、少量とは云へ文献的に明確に知られて居た寂の意義すら、文字の表面から直入して簡単に「閑寂」の意味に解釈され、文学史家さへ「元禄に至り芭蕉あらはれ、寂・栞を唱へて閑寂境の句境を開拓した」と記叙し、「寂」をそのまゝ閑寂・簡素の意として仕舞つたのである。又多くの人もそれを信じた。すぐにも分るやうに「寂」は決して閑寂を意味するものでは無い。

古来蕉門の閑寂句の極致として考へられた、

古池や蛙とびこむ水の音　　芭蕉

の如きも、結局に於ては閑寂句そのものであるから寂は閑寂を意味すると云ふ論も、一応は成立するのであらふ。然し芭蕉の意図は初めより閑寂境を覘《うかが》つたもので無く、他の根底即ち「あるがまゝの眼前の相」の観照から出発したものなのであつた。かくして「隠者芭蕉」と云ふ幻想は早くも私から霧散し、煩みも悦びも人並の人間芭蕉そのものが、同じく文芸人として私の前に出現するに至つたのである。芭蕉精神が後世の如何なる事態にも即応して解釈され、殊に現在の大戦時下に於て、いよ〳〵日本的精神の根幹として明白に我等に直面するに至つてゐるのは、芭蕉が単なる隠遁者流の作家で有つては到底出来ないことなのである。又隠遁者の言葉めいた芭蕉の閑寂句が、日本人の底力の涵養に大力量を発揮して、他面他民族をして不思議なる日本精神不可測の日本の力量に直面せしめてゐるのである。

頴原氏によると寂と栞とは、決して其の内容に即した適当なる文字で無い事が明かにされて居る如く、去来が芭蕉に代言して「答許子問難弁」に「さびは句のいろにあり、しほりは句の余情にあり」と云つて説明してゐる。私はいま、目を閉ぢて、今までの一切のこれに関する文字を忘れ、胸中に残された映象から、私のもつ寂・栞の管見を述べるならば。

去来抄に「寂も栞も共に内に根ざして外にあらはるゝもの」なる意味の一節がある。これは芭蕉がハツキリ使ひ分けた寂と栞との言葉を、同一の意義だと断言する所に興味は有らふが、私はやはり芭蕉の如く寂と栞とを形も意味も別のものとして考へたい。

凡そ「内に根ざして外にあらはれる」の逆の順路をとつて文芸の形に現はれるものがあらふか、この一節はむしろ寂と栞とが同一のものであると匂はした所が重点であつて、寂と栞とに関する何等の解釈にも成つてゐない。この言葉を見ても知れる如く、芭蕉の寂栞論は誠に当時にあつても難渋のもので、蕉門の巨頭連もホト〳〵もて余したやうな形勢が見へないでもない。元々一作者に徹するのが蕉門の唱導せざる作者精神ではなかつたか、それに多少なりとも文学理論づけをやらふとするのだから、少からぬ無理がある。蕉門人は芭蕉の人格と作句技量とに対して一言も発せず、信仰的に追随すべきで有つたのだ。又信仰の対照としても誤りのない芭蕉の人格と作句技量とであつたのだ。勿論その通りでは有つた。そこで不得手な文学論「寂栞論」が未完成のままで残されたのである。

「寂とは閑寂の意味では無く、句の色である。その色は内に発して外にあらはれたものである」の意味はなんであるのか即ち一句を為さんとした時原動力となつた対照物のどんな姿が其れを為さしめたか、この対照物の姿を投映せしめた心が発動せんとするものこそ、内に根ざしたものであり、其れが一句の形式を取つたもの即ち色である。発想そのものと解さるべきで有る。そして発想されたるものを如何にして完成せしめるか「栞は余情にあり」と云ふ、余情そのもので無く、余情をもたらしめたものを（方法を）指したとせねばならぬ一句を為すの技巧が其れに当る。栞なる言葉が御能の方で云はれる泣き悲しむ姿の「萎れ」から出たと云ふなら、目的のための手段即ち「寂」を表現するための技巧——栞——として無理の伴はない解釈が出来るのである。又「萎る」で無く「撓る」即ち草木の小枝をためて由い型を与へる活花の技術の場合の如きものと同じに考へても差支へないのである。

こゝに注意すべきは、寂即ち内に発して外にあらはれんとする心の形と、其の形をして内に発したものを完全に表現せしめんとする栞即ち技巧とが、前に云へるが如く、決して両途別々に発足するので無く、心と形とが常に同時的であつて不二の道の所産であらねばならぬことである。不二の道であるが故に栞は、常に心をして内に発せしめたる対照が、心をして対照のその瞬間の形姿を忘却失念せしめないやうに努力しなければならないのだ。私が辛夷昨年の十一月号の「感情の形」の中で云つた「美を発見した原始の心」を見失はないやうにする事なのであつた。

寂栞は常に一途に出て、決してはなれ〴〵のものでは無い。寂が雄大でも栞がそれに伴はなければ一句に上々の出来を期待するのは無理だ。寂は弱体なるに栞が大げさに花やかだつたら、其れも同じく失敗の作となるであらふ。

潁原氏が用ひた引例を借用する。

芭蕉から「この句栞あり」と称讃された許六の

十団子も小粒になりぬ秋の風

の中七を、若し「小粒なりけり」とか「小粒にわびし」なぞとしたならば内容はどうなるだらふ。十団子も秋風吹く頃小粒になつた……と云ふだけで、至極浅薄に了はるのに反し、「小粒になりぬ」とするなら、かつて来た時には十団子は大粒で有つたのに、今秋風の吹く頃来て見れば、小粒になつて居ると云つた裏に、世態の移り変りも思はれて、一層秋風の寂莫たる感も深くなり、句の内容が立体的に量を多くされてゐるのである。技巧が完成して作者がとらへた原始の心を十分に云ひ現はしてゐる。以上潁原氏の引例の借用であるが、これによつても栞とは技巧を云つたことが判明しやう。しかも「美を発見した原始の心」を少しも見失はないで完成した技巧なるのが知られる。

私は寂・栞に就て云ひたいのではなく、芭蕉が早くも此の点に心をとめて、寂となり栞となつたのを云ひたいのである。「美を発見した原始の心」を杳かに離れて得たり顔に雑然たる知識を持ち来つて、自己の本心を忘れて粉飾したものが真の俳句で無いのが云ひたいのである。

芭蕉がすでに寂・栞が兼ね備はつて居るや否やによつて句の品評の目安としたのである。生活を見つめて得たものに逃げられないやうに、又知識に煩はされないやうにする用心が一大事である。

本文は上京を前にして、あはたゞしく書いたゝめに、云ひ尽してゐない点も多いと思ふ。他日想と構とをあらためる時が有らふ。

原　石鼎

原　石鼎句抄

大正元年

頂上や殊に野菊の吹かれ居り
空山《そらやま》へ板一枚を萩の橋
鹿垣《ししがき》の門鎖《とざ》し居る男かな
山川に高浪も見し野分かな
鉞《まさかり》に裂く木ねばしや鵙《もず》の声
山人の眼に月明のかるもかな
葛引くや朽ちて落ちたる山筧《かけひ》
秋晴や迫の奥なる藪の色

樵人《そまびと》に夕日なほある芒かな
山畑に月すさまじくなりにけり
鹿下りる橋と定《きま》りぬ今朝の霜
木枯や巌間に澄みし谷の水
山かげや水鳥も無き淵の色
猪の足趾《あしあと》のぞく猟師かな
諸道具や冬めく杣《そま》が土間の壁
冬山やあけくれ通ふ背戸の納屋
なつかしや山人の目に鯨売
こし雪の山見て障子しめにけり
日のさせば巌に猿集《よ》る師走かな
西窓に冬田見て二階掃きにけり
銃口《つゝぐち》や猪《しし》一茎の草による
杣が往来《ゆきゝ》映りし池も氷りけり

山居片時も変現極まりなし

月に佗び霰にかこつとぼそかな
納屋蔭に柴こぼれゐる冬の月
焚く火もや灯しごろを雪山家
かなしさはひともしごろの雪山家
山長者《をさ》の年木《としぎ》ゆゝしく積まれけり

大正二年

山国の闇恐ろしき追儺《ついな》かな
山国の暗《やみ》すさまじや猫の恋

山中松山といふ所あり、その近くにて

春雨や山里ながら広き道
堰《せき》とめて筏《いかだ》ひたせり枸杞《くこ》の雨
春の夜をうつけしものに火消壺
風呂の戸にせまりて谷の朧かな

花影婆娑と踏むべくありぬ岨《そば》の月
高々と蝶こゆる谷の深さかな
桑干すに借りる御堂や山家妻
短夜や梁にかたむく山の月
五月雨のひゞきばかりや古山家
山風に闇な奪《と》られそ灯取虫
この山を夜すがら守り雨蛍
提灯を蛍が襲ふ谷を来《きた》り
山風の谷へ火ながき蛍かな
月さすや谷をさまよふ蛍どち
谷の辺に小さき厠や夏の月
山の色釣り上げし鮎に動くかな
山影のひたる堰あり青芒
山風の蚊帳吹きあぐるあはれさよ

奥山に売られて古りし蚊帳かな
蚊帳つりてさみしき杣が竈《へつひ》かな
山家人したゝかくべる蚊遣かな
老杣の早寝の蚊帳に蛍かな
山の香の庵おそひ来る夕立かな
真清水の杓の寄附まで山長者
腰元に斧《よき》光《て》る杣の午睡かな
ひきかけて大鋸《おが》そのまゝや午寝衆
朝日影横這ふ朴や深山蟬

深吉野の山人は粥をすゝりて生く

粥すゝる杣が胃の腑や夜の秋
蜩や今日もをはらぬ山仕事
仲秋や土間に掛けたる山刀
月うらとなる山越や露時雨

蔓踏んで一山の露動きけり
あからさまに月見せる木の間ありにけり
橋に来て谷の深さや月の虫
月さすや伐木《きりき》乱雑に山の窪

鍵谷虎髯氏宅

母屋寝し納屋の大屋根や山の月
栗刈りて淋しきものや杭の跡
秋の日や猫渡り居る谷の橋
秋天に聳ゆる峰の近さかな
深吉野に一とせすぎぬ秋の暮

三尾に行きて帰る　二句

あはれさは鹿火屋に月を守《も》ることか
淋しさにまた銅鑼うつや鹿火屋守

山廬を払ひ旅中博多港にて

船と船つなげる綱に野分かな
揚げ船の濡れ光り居る小春かな
磯鷲はかならず巌にとまりけり
放浪年久しく
想ひ見るや我屍にふるみぞれ

大正三年

浜風になぐれて高き蝶々かな
廃船やコロなげやりに浜朧
春風に暮れて人冷ゆ大伽藍
花烏賊の腹ぬくためや女の手
人影や巌に吸ひつく桜貝
梅雨暮る丶潮の底の藻の動き
灯台の光さすとき海涼し
浪音の地ひゞきにとぶばつたかな

見るうちに高まさる浪や秋の海

巨濤砕けて残る水泡や初嵐

高蘆にひた渡る鳥の迅さかな

鰯網船かたむけて敷き競《あ》へり

野分やんで人声生きぬこゝかしこ

父母のあたたかきふところにさへ入ることをせぬ
放浪の子は伯州米子に去つて仮の宿りをなす

秋風や模様の違ふ皿二つ

瞑目して時に感あり、眼開けば更に感あり

秋風に殺すと来る人もがな

月あたる障子に遠し秋の幮《かや》

漁夫町はめ戸にそぼつ冬の雨

凩や列車降りなば妓《ぎ》買はむ

浜草にたまる霙を見てゐたり

病める母の障子の外の枯野かな
炭部屋の中から見えし枯野かな

大正四年

雪解や西日かゞやく港口
藻に浮きて背筋光れる蛙かな
月隠す雲の朧や大社

父母の懐ろを再び出で、上京す

接木してこち向かぬ父あはれかな
凧あげて踏みあらしたる神田かな
入口に孟宗藪や春の山

府下柏木、零余子居

あるじよりかな女が見たし濃山吹
麦を搗《つ》く軒端に吊りしランプかな
麦埃掃きて灯すや家広し

門内に牛繋《つな》ぎある若葉かな
汽車も過ぐ月の田の面や蚊帳の外
五月雨や水にうつれる草の裏
蓮蔭に目高の鰭や朝日さす
蓮の葉を動かす風や目高散る
やゝ深く目高に交る小鮒かな
蝙蝠や草に埋る寺の塀
鎌研ぐや蛭泳ぎ来る遠きより
母すでに昼寝さめたる流しもと
衣とるや壁へ衝《つ》つ張《ば》る衣紋掛
そこはかと暮る、日ありぬ衣紋掛
眼《ま》のあたり怒濤相うつ日覆かな
雨しぶき相うつ路次やなめくぢり
なめくぢに照り映ふ雨の若葉かな

蝸牛《でで》に竹の上葉の風雨かな
蝸牛《むし》や小さき庵にやぶ広し
風鈴やコレラの家の軒つゞき
病葉《わくらば》に日ざし深さや苔の奥
病葉にたまれば太し雨雫

水巴氏宅に泊る

腹鳴りをきかれてさびし蚊帳の中
浜荻をゆるがせうつや土用波
この秋や巷に住みて座敷掃く
唐草の薄き布団や秋を病む
草原に月はたゞある夜長かな
月明き障子の遠し秋の蝲
月させば岩なりし草やちゝろ虫
月さして人影《じんえい》もなし谷の橋

われ一人にとまる電車や秋の雨
秋風にわれと見出でし己れかな
八戸高女へ赴任する姪を上野駅に見送りて
秋風や北国に行く汝が小風呂敷
杣が戸に霧降りかゝる野菊かな
起居《たちゐ》する影大《おゝい》なり夜長の灯
大いなる藁屋根さびし信濃柿
稲妻や舟に干しある濯《すす》ぎもの
山の日や落ちてしづけき栗の毬《いが》
板の間へうつせし音や栗一斗
二階人何か捨てたる夜長かな
夜長の灯動くと見えし障子かな
杉間よりこぼれ居る旭や露の草
露冷えに醒めてもわれは一人かな

庵の灯のとゞく限りや露の庭
あか〳〵と灯つけて寝るや秋の蝲
灯を下げて夜長人とぞなりにけり
虫籠に岐阜提灯の消えかけし
障子閉めて間借同志や今朝の秋
白きもの着て寝し夜より秋の蚊帳
燭低く菊剪る人や霧の中
秋蝶や犬よぶ人をめぐりとぶ
本堂に消さで尚ある灯籠かな

発行所例会席上

鍬ごとの土に陰ある小春かな
落葉掃いて土に見出でし小草かな
時雨るゝや松にこぞれる浜烏
日当たるや枯野にひゞく海の音

脱ぎたまる板間草履や夜半の冬
山宿へことづかりたる狸かな
鞠の如く狸おちけり射とめたる
山茶花の落花とをどる霰かな
提灯の出で来る門の深雪かな
煤掃の二階障子や屋根の上

曲水句会席上

梁《うつばり》の見えておそろし夜半の冬
いつも母はそれでよしとて布団かな

大正五年

元日や軒深々と草の庵
山宿やくれてすぐ敷く古布団
残雪にかゞやく日ある谷間かな
月夜かと薄雪見しや夜半の春

雛壇を濃うして灯ある起居哉
ほつれ髪によぶ灯の暈や桃の酒
裏戸出てまた入る杣や花曇

大洗魚来庵にて
春暁や大なる鮫獲れしといふ
枯枝に湧く白雲や百千鳥
行春や碁石ちらばる客のあと
薄日着て樹影地にあり花曇
柿の葉のかへす光や初袷
五月雨や水にうつれる草の裏
花桐に二階の人の午寝かな
提灯の灯の輪に霧や馬で発つ
荷をおろす馬にともすや露の秋
踞して友の額《ぬか》に微光や虫を聞く

ほそ〴〵と又二ところ庵の虫
首のべて日を見る雁や蘆の中

或る句会を出でて

秋風やこゝろに一つ冷えしもの
秋晴やあるかなきかに住める杣
秋晴や蘆に交りて枯るゝ草
稲妻や遠くの音の厠の戸
洞深くさし込む日ある芒かな
雨去るやまた一しきり柳散る
旭《ひ》にとける霜の白さや枯芒
岩角にはげしき霜や尾ばな伏す
俎板にほどく鴨ありランプ吊る
枯野より灯ともる村をみたりけり

大正六年

金屏に灯さぬ間あり猫の恋
昼ながら月かゝりゐる焼野かな
白梅に出て子等はたく塗板拭き
炉塞や日の龍髯に古畳
藪かげにぬるゝ井桁や春の雨

ホトトギス発行所、館林、太田、妻沼、熊谷吟行

巣燕にランプ淋しや峠茶屋
暁の大地鎮めて木の芽かな
葉の奥を落ちし花あり崖椿
遅月《おそづき》のほの〴〵として桜かな
山颪に杉もまれゐる桜かな
峰巒に月出てやみし落花かな
枯草にかゞやく日ある雪解かな

安田銀行俳句会席上　一句

春の夜や戸閉めし店《たな》の鯛鰈
かたまれる蝌《くわ》蚪《と》の真中へ落椿
大蜂の巣の欠けてあり月の壁
残雪に草醒めてあり里灯る
笊の目につぶれつきゐし白魚かな
もの、根のなほいぶりゐる焼野かな
汀よりすぐの堤や下萌ゆる
蘆の芽や雪かがやかに峰二つ
日の泥を現はす沼や蘆の角
崖くづれ大空にある木の芽かな
春の鹿一声啼きし夕かな
汁冷えて椀に沈める白魚かな
吹きひずめ終にあがりし石鹼玉
大鯉の押し泳ぎけり梅雨の水

蜘蛛の糸《ゐ》に燃えつく竈《へつひ》や梅雨暗し
どの幹にも流るゝ雨や蝸牛
一枝月にさし出てうすし若楓
梅雨晴やさやかに枯れて散る一葉
月をみる莫蓙に暗さや古団扇
井桁朽つ根に穴あけて蟻の道
雷鳴や草を離れし水馬《みづすまし》
松の根を越ゆ一径や夏の露
短夜の庵をつゝみて松の幹
肥溜《ため》桶《をけ》をかこみて芋の広葉かな
萩の灯の一つ消えたるところかな

龍松院の奈良句会より郡山一坡庵に向ふ途上母危篤の報に接す

日かげりて愁俄かや草の秋

蟷螂の子皆一色や秋の風
頂上へ道二すぢや秋の山
秋風や牛現はれし崖の上
柿の蔕《へた》猿の白歯をこぼれけり
岩畳をながる丶水に紅葉かな
高草に見出し灯あり砧打つか
庵砧やむればどこも止みてゐし
絣着ていつまで老いん破芭蕉
鹿の影をり〳〵濃さや月に歩む
鹿動けば秋日も動く静かかな
秣《まぐさ》切るや灯をよろこべる夜長牛
さびしさに虫啼き募《つの》る野分かな
黍巻いて朝顔咲きし高さかな
秋風や屋根の上行く杣が道

秋天をとんで光りし蟷螂かな
秋風に蟷螂羽をひろげゝり
堰越ゆる水に日高し今朝の秋
堰落して暮るゝ大河や雁の棹
積材に月の明さや峠茶屋
今朝露の藪におびえし貉《むじな》かな
かつぐ稲のさやげる音や秋の暮
稲架《はざ》の間に灯《ひと》る家や秋のくれ
縦横にぬれ伏す稲や秋の雨
月の芭蕉に障子明るくともりけり
土間に積みし芋にぬぎあり泥草履
蓑鍬に日和の土間や芋かはく
松の根の遠く走れる真菰かな
山襞の辺よりし樹林冬に入る

いつの間に塒《とま》りし鶏や夕枯木
山の襞《ひだ》争ひ落つる枯木かな
鴛鴦に枯木月夜のありにけり
短日の梢微塵にくれにけり
大霜や壁に乾ける馬の沓
暮れて落つ雪片《ひら》まこと白かりし
土もろく鍬に反りし落葉かな
薮溝に霰たまりし落葉かな
藁塚を廻る日高しはだれ霜
氷上にくれてあひたる旅人かな
大雪の井桁に来たる鶲《ひたき》かな
暮の雪重なり着ける塀の面
朴の雪つみきはまつてくづれけり
ひろひ見し鷹のぬけ羽や岩畳

神楽師の獅子かつぎゆく枯野かな

大正七年

元日の空青々と淋しけれ
雪の下駄縁に脱ぎある氷柱かな
二月や峯争うて雲の下
初春の夕焼見たり欅の根
鮠《はえ》つるや底をまろびて流るゝ葉
落椿の尻少しあせし紅さかな
陽炎や石乾きつゝ草の中
春宵の灰をならして寝たりけり
春の夜の三日月楠の葉がくれに
富士高くおたまじやくしに足生えぬ
月うらとなりて明るき桜かな
月斗氏上京句会席上

地虫穴を出て影うすき楓かな
蛤の二つに割れし白さかな
春風や旅ともなく京に来て
行く春の近江をわたる烏かな
春雨や刺に紅して茨の芽
雉子うちし山の寒さや春の雨
春鹿の眉あるごとく人を見し
芝の鹿追はれて逃ぐるおぼろかな
そのなかに角なき鹿のおぼろかな
陽炎や一葉の草にのぼりけり
陽炎や藪穂たれゐる遠畑
畳まで上らで暮れぬ春日影
夕芝にしばし日ありし落花かな
くるゝ芝にふかれたまりし落花かな

黐《もち》の花散りつくしたる清水かな
熾《さか》んなる日の筍に鶏つるむ
大鋸屑の飛びちるところ苔の花
で丶虫の腸《はらわた》寒き月夜かな
霍乱《くわくらん》のさめたる父や蚊帳の中
出雲路は桑の月夜にほと丶ぎす
羽抜鶏梧桐の風を怖れけり
いつの間に壁に向きたる午寝かな
ほそ茎のうす紅や湯の菖蒲
青蚊帳に朝日くる間や花ざくろ
みるうちに豪雨となりぬ枝蛙
大屋根へひらめき逃げし蛍かな
はなれとぶ蛍や蓮に雨来る
蛍打てば木の苔てらし落ちにけり

藪の穂に高きほたるや夕まぐれ
簾かゝげてとゞき居る灯や青芒
まどかにも月出て安し天瓜粉
ふせ肥に背戸の月夜やほとゝぎす
柿の木の幹をのぼりしとかげかな
青梅に軒まで積みし薪かな
でゝ虫に竹幹青し夕まぐれ
蓮池にてらしはじめし蛍かな
筍や畑へかけて竹落葉
厨音いつしか絶えし蚊帳かな
羽抜鳥家をめぐりて日もすがら
落雷の火柱たちし簾かな
新涼や火の穂透き見ゆ岐阜提灯

妻を迎ふ　一句

われのほかの涙目殖えぬ庵の秋
遠山の低く沈める花野かな
露如何に流れ終りし竹の幹
静かさや蜻蛉とまる火消壺
秋晴の滝玲瓏と落ちにけり
うごきつゝ広がる菱や秋の風
よくありて名もなき草の秋日かな
秋の浪一つの岩を巻きやまず
新涼や戸締めて蚊帳へ又這入る
提灯に曲る道あり稲の中
見えて鳴く藪穂の蟬や秋暑し
稲の穂のしみ〴〵若き月夜かな
行くにつれて滝音近き秋日かな
大鐘に奈良は滅ぶる芒かな

秋の風芭蕉にふれて遅速あり
稲の根に土ほの見ゆる草の花
穂芒や門前横ぎる道ほとり
破《や》れ案山子《かかし》稲にうつむき倒れ居り
行違に使戻りし夜寒かな
無花果に中学生の戻りけり
大蟷螂こゝにも居たり葛を刈る
電車下りしはわれひとりなり冬曇
廂より高き堤や十二月
短日やいつまで澄みて暮るゝ空
炭割るや陸をよそなる鴛鴦二つ
撃たれ落つ鳥美しや日の枯木
臘月や檻の狐の細り面
木《こ》のもとに草青々と暮雪かな

暮雪さびし道をはづれし足跡も
氷りたる大湖に人の小さゝよ
春樹氏歓迎句会席上
月の影池のまなかの枯木かな
谷水に巌蔭深き深雪かな
鳴り出でし昼の時計や枯木宿
藪中に背戸の門ある霰かな
日の雪へ出てまた入りぬ森の雉子
森かげの雪に尾見えし雉子かな
時雨るゝや打つてとゞきし布団綿
時雨るゝや藁灰高き古火桶
奈良に来て夕間なかりし火桶かな
冬空や玻璃にひづみて見ゆる町
冬空や傾き動く海の面

冬空や海をうしろに焚火人
冬空や肥汲去つて庵しづか
初雪や葉少しつけて枯細木
猟人のまたかくれたる枯木かな
箒置いてちりとりさがす枯木かな
枯草に日の当り来し霰かな
霰やんで日当る蘆や沼の面
霰来し蘆より立ちし鴉かな
寒椿の一葉一葉に牡丹雪
ちら〳〵とふる雪見えてくるゝかな
行年や草枯れてゐて常の道
大雪や梢わづかに雪を落す
十能へいぶるをあげし炭火かな
木の下の草青々と暮雪かな

納屋の口すこしよごして漬菜かな
大雪や朝日さへぎるものもなし
あざやかに大いなる炭の割れ目かな
枯木より常磐木哀し冬の月
足袋干すや晴天の下雪の屋根
落葉風に落ちし小枝の細かりし
松影へ水尾引いて浮くかいつむり

大正八年

初空を映す磧《かはら》や細り水
春の鶏孟宗藪のかなたより
うす〳〵と幾つもあげぬ石鹼玉
雨の若葉にうつら移りす鹿の脚
梅雨の巨樹の雫淋しと仰ぎけり
草花にあはれ日のさす出水かな

人の拳に羽ばたき上る鵜やあはれ
石蕗苔にべに葉や永久《とは》の滝雫
野分跡の水に微動や散り浮く葉
黒牛の肉《しゝ》隆々と野分あと
秋雨や一《い》身《しん》田《でん》と言ふ駅淋し
一つやめば二つ啼く虫庵夜寒
大方張りし障子に日来ずそゞろ寒
ちぎれ飛ぶ焔に焚火寒さあり
焚火中俄に燃えて枝一つ
焚火の火やがてうつらずなりし水
雪夜つけて提灯炬燵の上より去る
ちら〳〵と雪降り出し営所かな
枳《き》殻《こく》垣上溜りして夕霰

大正九年

藪へ潜る後脚見たりうかれ猫

春雷やひそと嗅ぎ合ふ犬と犬

春もはやうこん桜に風雨かな

二度ばかり弧描き消えぬ夕蛍

蚊帳を這うて内外わかたず蛍かな

青芒今より刈つて山の人

老毛虫の銀毛高くそよぎけり

街中に水上見えて秋出水

出水川かなかな鳴いて日当たりぬ

とび石を踏みも外《はつ》さず月夜人

稲架《いなかけ》に稲は刈られず霧の日々

石二つ相よる如し秋のくれ

色鳥に皆裏葉なる厠窓

老鹿の毛のふさふさとちりもなし

月の面《も》の穢《ゑ》の鮮かに落葉かな

檻に黒く熊一塊の月夜かな

切口へ日あたる炭や切り落す

指の先濃くも汚れて桜炭

うたれ雉子を灯によせて見る霜夜かな

句会席上吟

寒月やわれ白面《はくめん》の反逆者

外《はづ》し買ふ注連《しめ》の長さや年の市

除夜の鐘この時見たる星の数

大正十年

打ちあげし羽子翻《かへ》るとき日の光

裏返るもありてかるたのなまめかし

下萌や日の下深く谷の岩

椿一つ幹の向に落ちし音

春暁の今は日のさす松ばかり

や丶古りし雛に紅梅さしてあり

山霊のむさゝび投げて春の月

この朧海やまへだつおもひかな

囀やあはれなるほど喉ふくれ

囀りや山の口なる細椿

雀の子試作　四句

大口をあけて震へる雀の子

杉箸のさきで餌をやる雀の子

死ぬるまで口をあけたる雀の子

茂三から二銭で買うた雀の子

苔をくゞる根八方にあり若楓

紅芥子に薄き光りや風の中

のけぞりに羽ひろげ墜ちぬ梅雨の虫

梅天や筍竹にならんとす

水ぎはを松《ま》火《っ》焦がしゆく出水かな

簗解くやどつと流るゝ物のあり

あほむけに蝸牛這うて蕗の中

青天へ投げて雫くや苗くばり

戸をしめて一匹の蛾や灯のまはり

香煙のほとりに浮きし昼蚊哉

七条

夕月や売られ行く鐘に夏埃

夜の雲のみづ〳〵しさや雷のあと

葉の縁に添うてのび居る毛虫哉

滝をのぞく背をはなれゐる命かな

撒水の水燦々と夕日哉

空渡る雷二道や夏の海

洗ふ茄子と洗ひし茄子と籠二つ
茄子の艶紫水をはじきけり
新涼や苔を削りし地を箕に
ちぎれとぶ葉のよろこびや暁《あけ》野分
梁《うつばり》を見上げし父と子に野分
殺し蛇肥溜《ため》になげある芒かな
日に深く工夫寝てゐし芒かな
うがひして谷上る杣や夕芒
刈れば根に水ふくみゐし薄かな
杣が身に霧ふる音や巌の上
夜の地に草の微光や秋の雨
水落として間もなき稲に光りかな
鳥渡る羽音や谷の凪の中
色鳥の去りたる枝の細さ哉

山里やところかへつゝ鵙高音
眼の輪張つてすぐに逃げたるめじろかな
木の実とぶや草木ふるはす風の中
穴蜂のつの穴に出て小春かな
落つる影日にかへりたる落葉哉
山越えて日の渡り居る落葉哉
栗の葉の皆音たてゝ落ちにけり
嘴《くちばし》の上の眉目や木菟の冬
花枇杷に沈む日陽矢の長々と
夕暮れて富士おそろしき枯野哉
焚火強し地を隔てゝ燃ゆる藁
玻璃の外暮れて全し庵火鉢
吉野にてつくりし布団今もなほ
天《あま》つ日と我とまつはる枯野哉

氷ちらと光る溝あり月の街

地に這うて水凍てゝ居る暗さかな

飾り松やゝかたむくを直し入る

大雲も小雲もあゆむ年のくれ

大年の日のさしてゐる小草かな

大年を掃かれて起きる小草かな

除夜近く松打つ釘をさがしけり

松生けて畳に埃や除夜の鐘

厨より水捨てる女《め》や除夜の鐘

大正十一年

水仙や花屋の荷来る雪の上

悼大畠久吉氏

かくれたる大寒厳でありにけり

高嶺や日にこたへ鳴る雪解川

杣が瞳にくれてしまひぬ蕗の薹

悼水鳴氏母堂

二ン月の梅のはじめが寒いとて
筏木の皆巌摺れや草萌ゆる
つれ生えて小草かなしや夕の土
母の雛最も古りて清くあり
ぬく〳〵と老いてねむれる田螺《たにし》かな
曇り日の物の光りや芽待肥《めまちごえ》
曇り来る日のうるほひや木の芽ぐみ
芽を追うて出る葉の青さほと〻ぎす
午近き日の色見ゆる木の芽かな
霞むもの〻中に朽葉の上の露
石は皆われて芽近き枯木かな
薪抱いて薪部屋出づる人おぼろ

熱なくて病ひあやしき朧かな
大いなる暮春の落花眼前に
夕されば山背風《やませ》は消ゆる竹の秋
蜘蛛も毛虫も営み初めぬ若緑
ふりかゝる雨の細さや若緑
滝見つゝ若葉の廊を渡りけり
薄日次第につよまり光る牡丹かな
宵闇に風動きたる牡丹かな
崩れたる牡丹に尚も光りかな
日を包む雲に光りや牡丹園
一山は赤松ばかり時鳥
乾く地にすぐの亀裂や花あやめ
栗の花上ほど若くうす緑
葉がくれて見ゆる白さや梅雨の月

早苗田の影のみだれや梅雨の月
塀裾にはねし蜥蜴や苔の花
金亀子落つるや逃げし苔の花
地を這うて地を照らしたる蛍かな
大雨にやがてとびたる蛍かな
葉桜の風雨に光る蛍かな
水馬ながる、ほどを上りけり
家近く来て蚊柱や藺田《ゐだ》の村
吹き入る、風にも飽きし蚊帳哉
ありなしの蚊帳の萌葱や月の宿
暮れてなほ浪の蒼さや蚊喰鳥
神の瞳《め》と我瞳あそべる鹿の子かな
雨の日の親をはなれぬ子鹿かな
土間へ出る蜥蜴を妻はよく知れり

焼け乾く石静かなる蜥蜴哉
若竹の着いてははなる風の屋根
烈日やころげし雹《ひょう》に草の影
大雹やつながり浮いて浪の腹
潮木ふむ鴉の脚や雲の峰
落雷の一つにはれし野面かな
雷止んで戸あくる家の灯かな
白毛の毛虫に芽なき枯枝かな
岩藻皆立ちて揺れゐる清水哉
清水掬んで底の形やしかと見し
夜光虫櫂見ゆるまで燃えにけり
月の出の漸くさびし夜光虫
風に起きる蓮の浮葉の大いさよ
曇り来し銀河に瀬々の光りかな

銀漢や軒に吊るせし唐辛子
麓の灯いつかは消ゆる天の川
青空や余波ひろ〴〵と野分跡
峰ありて起る雲ある花野かな
穂芒に蜘蛛の糸《ゐ》飛べる旭かな
白萩の葉よりとんだる虫は何
燈籠に萩の落花の見ゆるかな
颱風の萩へとんだる新聞紙
大杉の幹を後ろに露の鹿
秋風や皆ぬれてゐる鹿の鼻
鹿の背やおどろかしたる松の露
朝戸繰る宿女と知りし露の鹿
庭木師のかけし梯子や蟷螂とぶ
一もとの芭蕉につどふ子規忌かな

ぬれ死にし蜻蛉と見れば露をとぶ
落雁や蘆に近きは身をなげて
太刀魚の桶よりたるゝ長身かな
太刀魚のはねずなりたる砂の上
仰ぎ見る芭蕉の破れに秋日かな
秋晴や暇あれば焼く船の底
秋晴や倒れしまゝの蘆の原
秋晴の松の太枝にさす日かな
秋風やつぶれしまゝの蟻の穴
秋雨や夜にのみ出でゝ蛞蝓《なめくぢり》
倒れ伏す稲見えて居る田面かな
海暮れて稲になほ日や群雀
笠かげに頤《おとがひ》見ゆる案山子かな
鵙《もず》やむや日にぬくもりて暮るゝ里

なきながら家鴨流る、野菊かな
寺の井に竹簀の蓋や銀杏の実
葉の中の太枝に日や銀杏の実
洗ひ磨ぎし銀杏すぐに乾きけり
大鹿やのそりとゐたる露葎
茶の花や畑へ家々みな背向
燃えしざる落葉に青き焔かな
青桐や落葉の下の潦《にはたづみ》
旭の波に鴨の青首光りけり
吹かれうごく落葉や枝に風見ゆる
風を追ふ風にまた立つ落葉哉
夕月の霧の底なる落葉かな
枯萩に焔見えたる焚火かな

長病

床あげし布団にありし懐炉かな
枯る丶木に牡丹もありし庵かな
秋近く一ふし枯る丶木賊《とくさ》かな
篠竹の根へ漏れ落る霰見し
日ざし来てもんどり打つて霰かな

大正十二年

我を見て一声なきぬ孕猫
孕み猫われをみつめて去りにけり
妻が布団我が布団より淋しけれ
白魚の小さき顔をもてりけり
うす雪を透いてみどりや蕗の薹
わが庵は楓細枝に吹雪かな
見えながら暮れゐる富士や雪の原
灯りて二軒親しや梅の中

下萌や掃きし土より蝶の骸《から》
如月や障子の外の楠落葉
雨を来し人の臭ひや桜餅
黄昏の鹿映り居り水温む
春雨や大仏殿のうらの松
深山ふかく来て雨やみし木の芽かな
長雨の芽を養へる木の根かな
垂れし蝶もがきやめたるくもの糸
木の芽嗅ぐ蹄やほそり鹿動く
草木打つ雨の響や挿木つく
陽炎を吹つ消す風や岩の面
大石とくづれし土や陽炎へり
積み腐る藁の陽炎のびて消ゆ
その中にたんぽぽ咲きぬ馬肥

春暁の何ものもなき青みどろ
春暁の卵秘めたる燕かな

さち余がために夜々ひそかに縫ふものあり、何ぞ
と問へば死のこと片時もえ忘れず、せめてその折
にはよき布団にても着せんものと絹ぎれ継ぎあは
すなり、となり

春月やひそかに縫うて死布団
畝いくつ越えてこゝなる落花かな
大風に泥はなれとぶ落花かな

芝蘭会と余

こゝに集りて蝌蚪《くわと》の一日長かりし
廂より落花をあげし暮春かな
曇り来て月あはれなる潮まねぎ
蛇穴を出る日にあうて光明寺
畳傘縁へかけあり藤の茶屋

藤の宿峰と暮れ居る風雨哉
藤棚に入れてつなぎぬ池の舟
藤の上桜大樹の風雨哉
峡の藤川上の水ひたし居り
行春や古毛の中の棕櫚の苞
獅子の毛の日にあざやけき若葉かな
ほろと散る松葉や落ちて組んでゐし
短夜や戸のうちを行く灯の見えし

愚姪まつ代縁づく

白重いつもの顔に嫁ぎけり
とり出す蚊帳のみどりや梅雨の宿
牡丹よりさきに暮れたる若葉かな
夕べ復《また》吹き来し風の牡丹かな
空梅雨の大地にうすき光り哉

いつか死ぬ我今見入る梅雨の星

青梅を洗うて濡れし井桁かな

蛍火や苔這ふ翅のわれて見ゆ

瀬の中の巌にとまりし蛍かな

鮎の魚籃《びく》の縁《ふち》にとまりし蛍かな

たそがれの細水のぼる目高かな

蚊帳の中に見ゆる寝莫蓙や蚤の宿

衣とりし壁にとまりし昼蚊かな

蝙蝠や闇を畳んで夜の楓

戸袋の下の壁這ふ蜥蜴かな

灯をにげしげぢ〳〵梅雨の暗ばかり

夕立や棕櫚の後ろの雲の峰

柚が子に日中さみしき清水かな

風鈴や糸のほそさに音すめる

迫《さこ》近き清水の宿の灯かな
日盛の我影さびし草清水
月代の後山くらし磯清水
糊浴衣着て炎天の庵主かな
旱天や暮れてなほある松の青
守宮《やもり》みな今年小さき旱かな
旱天に灯を消して寝し間借人
蟇の背を上る蟻あり夕立あと

夢中吟

いちさきになく蟬涼し朝の庭

三井寺はんめう

日のもとにうまれてあはれ放屁虫《へひりむし》

震災当時

水引の花の淡さやなゐのあと

秋の人呆然として灰の中
朝顔の実をむすびゐし地震かな
なゐおぞく籠の蟷螂放ちけり
声かれてなく〳〵や地震《なゐ》の秋
下町の大火の上の秋の月
月を来し犬咬へゐし人の骨
明月の見えて居るなるとぼそかな
只一つ白朝顔の咲きし庵
芒の葉さゝくれ欠けて筋強し
秋もはや末なる深き日和かな
秋晴のまことの色を草の穂に
病人に枕上みなる秋の暮
熟柿もつ乳児見つつ打つ砧かな
しころ打つ音もこだまも霧の中

舟垢に映りし空や今朝の冬
花まれに白山茶花の月夜かな
葉の霜もともに洗へる大根かな
啼く鴨の枯木の中に見ゆるかな
冬枯の庭へあけたる産湯かな
冬枯や草屋の縁の洗面器
古壁にかれてそろはぬ干菜かな
月の風まづ干菜揺る一二聯
松の霜をけぶらせ沈む雀かな
月の枝光るところを霜としぬ
くれがての霙に小さき光りかな
積む霙ふる霙見ゆ夕かな
牡丹雪にはやぬれてゐる戸口かな
園の戸の吹かれとびゐし深雪かな

柴折戸を舞ひ越ゆ雪の見ゆるかな
耳すこし遠き婢としる雪夜かな
岸ほどに枯蓮しげき氷かな

大正十三年

松上にしばし曇りし初日かな
煮凝や玲瓏として鉢の中
夜に入りてなほ啼く声や寒鴉
厨事すみしやすさや厄落し
残雪や入れわすれたる濯ぎ物
夕月のすその光りや残る雪
残雪やさだかにくれて山畑
日当りし梅の太枝を潜りけり
白梅に陽炎もゆる畑かな
下萌やくつがへりゐる霜柱

下萌や土より這へる石の苔
触る丶ものを皆怖れ這ふ田螺かな
己が殻に触れて角ひく田螺かな
田の面より低き流れの田螺かな
春霖に芽を抱いてゐる朽芭蕉
盛土に落ちて傾く椿かな
水底に重なりあへる椿かな
落椿終に流れし汀かな
庵の松下の枝ほど朧かな
海の上波うつてゐる朧かな
長烏賊の桶のくらさや花の雨
吹きあげて花ちりしづむ光りかな
上枝より下枝の花の花吹雪
一ところ椿もちれる落花かな

石の根のみなしめりゐる落花かな
石鹼玉横に流るゝ目のあたり
白藤とたそがれてゐる子鹿かな
行春の水を滑りぬ水馬《みづすまし》
我肌にほのと生死や衣更
着るまへの束の間ほせし袷かな
葉桜に風衰へし夕べかな
葉桜の吹かるゝ枝の広葉かな
己が葉を埋めくづるゝ牡丹かな
明け易き道のほとりの蓬かな
明易き戸ぼそのうちの蚊帳かな
明易く閂外す男かな
滝の面梅雨入に近くくもりけり
草の戸や濡れてかゝれる梅雨の鎌

たそがれの人通りけり梅雨の門
蛍火の光芒ながき梅雨かな
蛍高く消え細りゆく植田かな
滝風に吹かる、枝の蛍かな
庭へ来し蛍に雨の光りかな
大雨の蛍や幹のまん中に
地の苔をてらし去りたる蛍かな
かすけさや羽音たてたる籠蛍
日盛の籠を逃げたる蛍かな
山川や岩のはざまの水馬
飛ぶやはや嘴に物獲し翡翠かな
岩壁に鼻突き死にし翡翠かな

白河をわづかに越えて

くわくこうのゆくて〳〵にうつりなく

夕立のかゞやき映る調度かな
西の空僅かに見えて夕立かな
羅《うすもの》やつまみはなせし金亀子
夕立に遅れて立ちし夜店かな
目覚まさば父怖ろしき午睡かな
翡翠の光りとびたる旱《ひでり》かな
はる〴〵と夕雲沈む旱かな

墓参

我墓やわが来しのみの下駄の跡
踊の輪又出来かけて止みにけり
糸滝を吹きたわめたる野分かな
滝の音くれてしまひし野分かな
蟷螂のかくれ終ふせし芒かな
蜱《こほろぎ》の高音にありし夜長かな

穂芒の間にたけて猫じやらし
穂芒の中の径の深さかな
一叢の雨の芒や庭の内
露終に流れ出でたる芭蕉かな
同じ音に同じところや夜々の虫

日光所見

夕霧や石ばかりなるいなり川
柄を下に落つる杉葉や秋の晴
切りし竹引き出す杣や秋日和
鹿すでに冬毛出て居り雲の秋
焼跡の大木ばかり秋の風
ちりとりに日当る庭や秋の風
屛風岩仰いで淋し秋の暮
年々や同じ所に水落す

色鳥のいちさきに来ぬ滝ほとり
かけ終へて全き稲架や夕田霧
ちり紅葉水輪もちつゝ流れけり
雨はじく強毛の鹿でありにけり
こち向いて目と鼻のみや秋の鹿

雲水氏夫人追悼

山茶花に今日も子を見に来し仏
雪空や土の落葉の薄光り
火となりて炭団あげ居る焔かな
投げ入れし松を火包む焚火かな
離れ飛ぶ焔や霧の焚火かな
夜の物の影ふるひたつ焚火かな
提灯に水てらしゆく霜夜かな

大正十四年

春寒く座敷掃く間を待ちにけり
鶯の日に光りつゝ枝うつり
春雨や山崩《なぎ》のまゝなる温泉《でゆ》の山
春雨や柴折戸殊にぬれにけり
柴折戸のかくまでぬれて春の雨
野遊やふと気にかゝる翌日のこと
霜柱一かけたちて春の土
一叢のたけたる芹や細ながれ
石鹼玉《しやぼんだま》破るゝにさへ日の力
あるだけを吹いてしまひぬ石鹼玉
　塩原に病を養ふ
泳ぎ子に雲影走る山家かな
明月の雲をはづれし光かな

遅くまで吹きつのる風や秋の蟵《かや》
浮くや鳴きなくや没する鳰の秋
刈る頃のみづく根もとの蘆の節
茶の花のみな下向いて日和かな
風の鳰きほひなきつゝ進みけり
落ちしまま霜着て土の干菜かな
厠出し人に笹鳴つゞくかな
襟かけて全き衾《ふすま》となりにけり
天地の凍てし中なる情かな
午ちかく雀なき出し深雪かな
雪の富士松の林の上に見ゆ

大正十五年（十二月昭和改元）

牡丹咲いて幾度掃きし庭面かな
夫婦して豆撒き歩るく暗さかな

海遠き国の嶺々冴え返る

春の雪鰤のはだへにふれて消ゆ

淡雪のつもる白さや夕まぐれ

夜に入りて猫なきいでぬ春の雪

ゆふ風の俄に寒き桜かな

杣が戸に鉞《まさかり》光る桜かな

曇り日の弁をとぢ居る牡丹かな

夜の溝を蔽へる檜葉やおけら鳴く

おけら鳴く夜をふるさとにある心

薯畑と浜の堺や夕蛍

午まへの烈日にしる夕立かな

風鈴に真闇の空のありにけり

暁の蜩《ひぐらし》四方に起りけり

毛ばかりの幹でありけり夏の棕梠

頰骨にマスクのあとや夜の客

雪の夜を訪はれて灯明うしぬ

昭和二年

降雪の山の腹よりとぶ鳥よ

恋猫や大地にひゞく雪崩

行きずりの人美しや春の泥

野田三濘君の結婚

白桃のたとへば花のやはらかに

にじみつゝ沈む入日や花の雲

いよみづきかほども花の散るものか

高殿の畳にありし蠅叩

若竹にそよげる風や藪の中

宵たけていよ〳〵小さし夏の月

蝸牛のかたまりねむる旱《ひでり》かな

新涼やはたとわすれし事一つ

明月や丹《に》もさだかなる大伽藍

明月やまことに白き墓石のみ

この頃のあまり明るき月を怖る

茸狩の莫蓙吹きまくる嵐かな

火鉢といふ題を得て

彼の火鉢おもへば心生きてあり

蕭条と霜ふみ歩き冬女猫

さゝなきや雪をかむれる石燈籠

昭和三年

春雷や片明りして庭の松

牡丹園に遊ぶ

夜の雷雨やむけはひなき牡丹かな

夏の蝶こぼるゝ如く颪の中

大空やみなうつむいて桐の花

夕べはや大樹によりし蛍あり

灯のもとの鉢の葡萄や団扇置く

新涼や青空見えて夕べなる

井の頭にて

かな〳〵や皆苔つけて杉木立

芝の露にほのと光や虫の闇

名月や夜業の家の鉋音

秋晴やおのがじしなる木々の影

秋晴や木深きをゆく人見ゆる

秋晴のわづかにゆるゝ梢かな

とり出でゝ年々古き鳴子縄

初冬や紅白の酒卓上に

木枯や林の底の水に月

手のひらに艶よく出でし火鉢かな
うつむける鶴玲瓏と霜の奥
冬の月階下に見れば軒端なる

昭和四年

早梅や日はありながら風の中
春三月霰も降りて星夜なる
はたとやみし霰に朧深まさり
いつの間に若葉してゐし庵かな
噴水にぬれて夜に入る若葉かな
青々と山につゝまれ鮎の宿
大蚊帳の裾静かなる燈かな
日の暮れてたぎつ滝川へ路出でつ
新涼や道に出で立つわれひとり
新涼の笹に生れて露ひとつ

秋出水越え来し人と語りけり
額へやる我手つめたき花野かな
燈籠に灯入れてよりの小萩なる
月明の障子のうちに昔在
おもひ羽を高くあげ居り雪の鴛鴦《をし》
風木の葉降り込む水や鴛鴦二つ
かゞやかにひるすぐる日や初氷
いさゝかの干菜に星座夜もすがら

昭和五年

元日やをり〳〵騒ぐ風の音
ゆめもなく覚めたる軒の初日かな
初御空尊きまでにうち晴れて
蓬生にみつる光や山笑ふ
積む雪のほと〳〵こぼれ木の芽かな

折りとりし椿それにも陽炎へる
木蓮の一ひら風に動くかな
春月や山ふところに乾く小屋
物皆にあはき光や養花天
産安の神の御森や松の花
塩竈の神ぞ装ふ若緑
苗代や家は若葉に包まれて
夜ふけより雨音きこゆ弥生尽

某女史絹本に極彩の烏瓜と鶫を描かれ、それに題せよと乞はれ

なきやみし虫耳にある夜長かな
麦苗や岸の真昼の繋ぎ舟
麦笛を吹く子に雲の美しき
梅雨晴や藺田を培ふ女一人

雪舟廟の上に小さき御堂あり、みるかげもなく打ち古び、こはれたるまゝの観音像安置しあり

御像やお乳《ち》のあたりの梅雨明り

代掻の牛躍り込む山田かな

青芒目には見えねど神の影

立久恵　三句

老鶯や山ふところの深みより

老鶯やこの道山へ向ひたる

ゆくほどに巌容変る夏木立

夕立や簾つらねて灯の館

さかのぼる流燈やがて瀬に出でたり

頂や海をうしろにすゞし神

噴水をいだきて闇の大いなる

葛水や夜陰の苔をまのあたり

はつたいや灯のとゞきゐる庭の苔
賤が家に飼はれて老いし金魚かな
停車場の前に別れぬ片かげり
松の蝉夕日の幹をはなれけり
仲秋や袱紗の上の舞扇
山霧の乱舞や人にかゝはらず
月を見る下駄おろさせし庭面かな
明月や縁戸あけある二ところ
コスモスの乱れふし居り月の下
自がじし釣瓶もつ井や秋日和
馬追や月を背《そが》ひに倚る柱
秋晴のまぶしさありぬ銀襖
毬《いが》栗《ぐり》に朝霧のこる軒端かな
落穂拾ひし月明の田となりにけり

たそがれの庵の框《かまち》の落穂かな
鳰浮くと枯蘆蔭の人の声
大雪のつかのま干せし蒲団かな
うちひらく傘新しき深雪かな
柴折戸を押すすべもなき深雪かな
苔石に一すぢの雪消えのこる
重ねある鉢の氷や枯木下

昭和六年

入口の枯木に立つや山始
水まいて凍てたる土やとぶさ松
二月の灰新しき火鉢かな
二月やかたむきあうて枯木山
早春の深雪を踏んで訪はれけり
雛買うて杣雪山へ帰りけり

春の雨音なくなりてふりにけり
白鷺のわきたちまふや木の芽山
流れゆく椿についいて陽炎へる
うち仰ぐ山ふところの霞かな
陽炎や小松も海も満つ光
烏賊《いか》笊につきゐる雨の落花かな
花烏賊にそゝげば走る水の玉
花烏賊をぞろりと笊にうつしけり
松の幹を蝶打つてめぐり去りにけり
かゞやかに繭かきたてゝ住めるかな
水音のひまなき山の暮春かな
行春の海をうしろに坐りけり
郭公の枝踏みかふる尾の見えし
巣燕に炭火もえゐる大炉かな

煙なき牡丹供養の焰かな
地に見つむ牡丹の熾《おき》に浄土かな
葉桜に明るき月の見えにけり
菖蒲湯の熱かりけるをめでにけり
田舎家の餅大いなる薄暑かな
いとも小さき魚釣りあげぬ若葉人
蚕豆や大暑に近く人若し
明易く大山未だ雲の中
積繭に吹かれ入りたる蛍かな
高き木へとびゆく蛍ばかりかな
森の木をはなれとびけり夕蛍
蝙蝠や青空見えて日暮れゐる
入日澄む雲の端に浮く蚊喰鳥
男子誕生の句を乞はれて

生れ児をもろ手にうけて天瓜粉
はしけやし露のぼりゐる糸すゝき
蟾《ひき》一つ月光殿の月明に
雨戸樋につく藁屑の月夜かな
寒竹の太しき幹に秋日かな
畑すみに唐竹二本秋日和
笹鳴の日の出まへより一しきり
笹啼の移るにつれて見ゆる枝
積む枝を焔くゞれる焚火かな
枯枝を組みて岩盤の焚火かな
樏《がんじき》や深雪の上のゆふ霰

昭和七年

枯れ乾く尾花なほある初日かな
初凪や人出で丶居る午さがり

寒紅売霰を踏んで来りけり
寒鮒の暗きに集《よ》るや桶の底
松過ぎていまだ出でみぬ戸口かな
掃きとりて箕に二三輪寒椿
寒椿庭苔幹へ上り居る
春雨や苔を流るゝ水幾条
若駒や鬆《ひたひげ》まみにかゝり居る
若駒の親にすがれる大き眼よ
鶯の初音や木々に玉の露
春光やかぎろひて寄る馬と馬
塀屋根にもたるゝ椿風光る
燈籠の障子出来来ぬ若葉庭
夏豆の蒸したてこれぞ夜のもの
板の間に蚕豆うつす音すなる

から梅雨に泰山木の花ざかり
湧く蛍こぼる、蛍こもり沼《ぬ》に
魚籃《びく》の底に乏しき鮎や梅雨そばえ
漏れ日騒ぐ大樹の幹や青嵐
広目屋の樹下に憩へる青嵐
入口の道見えて居る茂りかな
大木を茂りの中に見上げ居り
打水に濡れにぞぬる、木賊《とくさ》かな
髪洗ふ人が見せ居る膝小ぼし
洗ひ髪紙もて結《ゆは》へ神仕《かむつかへ》
暁涼《あけすゞ》の蟬に風見ゆ梢かな
子とかげの巌に遊べり秋立つ日
ゆがめ吊る蚊帳にもなれて秋に入る
昼に見し鹿あるきをり天の河

蔵壁にひた着く葉ある芭蕉かな
雨の日も大釜たぎり萩の茶屋
大芭蕉壁をうしろに露しげし
蓑虫のあたゝまりゐる夕日かな
朝冷やとうすみとんぼ真一文字
羽たてゝどれも蠢《うごめ》く花野蝶
秋蝶の驚きやすきつばさかな
耳たぶに触れて高なく秋蚊かな
水澄んで底ひもしらずだいや川
神橋に晴れつゞく日や秋の水
お滝めぐり日ぐれをもどる秋の水
谷深くわれ来て居りし秋日かな
鳴子引くや雨のあとゝて重たかり
地をすりて結びだらけの鳴子縄

酸漿に滴たるゝよ秋時雨
秋時雨ふと遠ちかたの思はるゝ
夜の眼鏡蜜柑の皮にのせてあり
一斉にかまどの煙や秋深し
掘りあげし大自然薯や秋深し
大いなる葉に透く日ありうらがれて
たそがれのもの見えて居り花八ツ手
小春日や光る草ある草の中
孔雀描く絵のなかばなる小春かな
夜の時雨音ちがひつゝしぐれけり
そゝりたつ庭木がこひや冬構
枝纏ふ蔓と枯れ居る大樹かな
冬山や山越えあうて樵木市
冬山や見なれて遠き杉木並

この木樵いづちへ帰る冬の山
日当れる枯木の中や冬座敷
新しき炉に新しき火箸かな
ぬぎすてし重着またもひろひ着ぬ
暁の色ひろごる霜の大都かな
枯枝の霜ふり落す箒かな
朱硯にまた水滴らす霜夜かな
歳《く》晩《れ》ちかき大松の空や冬の月
提灯に袴の襞や冬の月
馬子現はれ馬あらはれ雪の峠かな
雪煙屋根の上にも高峰にも
雪が嶺《ね》を雪降りかくし降りかくし
青天を鴨とびめぐる雪嶺かな
たびら雪石には消えて積らざる

大雪に来て肥を汲む男かな

つもる雪まれに落つ見ゆ一葉づゝ

一葉づゝ雪置きそめて暮れにけり

昭和八年

つむ〳〵と障子に影や初日鳥

初富士のくろずみそめて暮れにけり

切火とはかんさびごとや初竈

数の子や藍濃き鉢に盛り高め

お尻かく小猿を背に猿廻し

映る燈の光芒卵黄《きみ》に寒玉子

水餅に日月遠き思ひかな

水餅や渾沌として甕の中

水仙の花がくれなる蕾かな

寒竹に枯葉の殖《ふ》えし二月かな

いつまでも雪消えのこり牡丹の根

悼猪山央君夫人

相見ねど春をも見ずて逝きし人

夕やけて暮るゝ障子や内裏雛

居眠りてあれば降り出ぬ春の雪

うたゝ寝の覚めて降りゐし春の雪

紅梅の青枝の蕾春の雪

淡雪の舞ひあそびつゝ潮に落つ

春の雨尊きばかりなごみ降る

檻の虎しきりにあるく春の雨

庭師来て看まはり去りぬ冴返る

両岸の土手の遠さや猫柳

眼前の灯にあるものゝ朧かな

末黒野もいつしか青み蘆の角

深山とつく〴〵おもふ春の星
芹の田や踏みくだきある薄氷
らちもなくぶらさがりゐる古巣かな
深山鳥木が高ければ巣も高し
鳥巣掌に天のたくみをたゝへけり

東山温泉　二句

滝つ瀬をいくつ重ねて藤の花
滝風の移り見えつゝ若葉かな

丙蜂居にて　二句

みちのくに来て菖蒲湯のありがたや
日ざし来し塗師が家や桐の花
両手もて抱かむと思ふ牡丹かな

熱海温泉地方にて　二句

夏霞かほどにうるみ山容

壁に吊る古雪沓や山若葉
ならびたつ柳をつたふ蛍かな
艪押す袖に吹かれとまりし蛍かな
橋の根の菱を蹴あそぶ浮巣鳥
鵜の篝暗の巌を照らし来る
青芒橋のたもとに見てすぎぬ
日中温泉にて
このさきにもはや道なし昼河鹿
湖のへりさゝ濁りして夕立つかな
滝壺をあふれつらなる水沫かな
風鈴の廂の外や茄子畑
水底の小石見てゐる人涼し
納涼や夜の松江の橋いくつ
夕づゝやもやひそめたる涼み船

湖の藻の浮き流れゐる夕立かな
夕立に風添うて居る湖面かな
かな〳〵や夕焼《ゆやけ》の濃さにつれて啼く
初夜の月沈みて深き木の間かな
ひとりゐて見し日もありぬ今日の月
鍬をもてわけうつし植う雁来紅《はげいとう》
黒ずみて崖の根にあり穴惑
黄まじりて乾く落葉や穴惑
よき蕈《きのこ》苔につゝみてもどりけり
ゆく秋の我に人来て灯しけり
大雪を待つかに大野《おほぬ》草枯れて

巣棲風――出雲地方にては家近く高き藁堆（にほ）をつくりて一冬を越す。之を「すゝし」といふ。神代ながらの名なるべし。これの出来上る頃より西風、或は北風凪など吹きすさぶ。今適当なる語

見出されざるまゝ、仮りに巣棲風と用ふ

さら〳〵と小霰あたる巣棲風《すいし》かな

大巣棲風吾《あ》ぞ生《あ》れぬこのほとりゆも

野の巣棲風一角くづれ小春かな

かみなづき月は軒端にありながら

落葉動く下にこまかき落葉かな

夕霰降りかくしけり鵈《さけ》の森

雪に来て美事な鳥のだまり居る

知《ち》恩《お》院《ゐん》の鐘はひどよみ除夜の闇

除夜の鐘遠ちかたなるがつきをさめ

昭和九年

蒼海や揚船みんな松立てゝ

梅の木と梅の木の間羽子をつく

富士に近く来て三ケ日籠りけり

枯枝に日かへし闌《た》けて三ケ日

一月もすでに過ぎたる枯木かな

雪ちらとまじへて春の霙かな

もろ〳〵の木に降る春の霙かな

芽の木とて楓ばかりや春の雪

蛙は春、蟇は夏の季になつてゐる。が、たにぐゝの特長は、大昔よりこれが岩間に冬眠から覚めて、ぐぐツ〳〵と鳴くことによつて春のきざしを知り、同時にぼつ〳〵山仕事の用意にかゝらうとする心ばせになることは、何でもないやうなことでありながら山人にとつては実に気象台の役目をなすもので、深山住の者の生活に甚大な影響をもたらしたものである。斯うした意味に於て、若しこゝに新季題を設くるならば谷蟆といへば早春の季に属する

谷ぐゝを聞きつけて来し布子かな

谷ぐゝや乾きし巌のわれはしり

谷ぐゝのひと声あとのしゞまかな

富士の肌にしばしそひしが帰雁かな
二方よりたちて帰雁や雨の中
この浦に一度は集《よ》りて帰雁かな
春雁やつちくれ踏んであらすき田
つぎ〳〵にたつ雁海とすれ〳〵に
おほ空へしづ心なく春の雁
うら白の尾ふり堅田《かたゝ》の春の雁
水にむいてあしあとひろし春の雁
たつ雁となりても人を窺へる
春雁や富士をつゝめる湖いくつ
月の出とやゝへだゝりて大樹の芽
銀杏の芽すでにこまかき露ためて
花びらの濡れずに浮きて流れけり
昨日よりけふ濃く見ゆる桜かな

濃まさりて西へより居り花の雲
筋塀や月とほのめく八重桜
潮沫《しほなわ》の這ひひろみよる落花かな
櫓も棹も胴間に浜の朧かな
春潮や浪ひけば吐く巌根水
ぎく〳〵と乳《ち》のむあかごや春の汐
黄口や餌を顫ひ呼ぶ燕の巣
眼をあけて親待つ雛や燕の巣
子負ひ子の椿手に春の睡りかな
一もとの余花をつゝみて山若葉
石段に余花ちりたまるところかな
花びらの谷こゆるかに余花の風
大蕗をどさと下ろしぬ納屋の前
蟇《ひきがへる》茄子の下より出でにけり

紫陽花を隠し干衣の滴かな
ばり〳〵と干傘たゝみ梅雨の果
一握り青梅あるや夜の閾《しきゐ》
青蘆に蛍とびそめ光りそめ
霜のごと朝露《てうろ》微塵や青薄
老鶯や日に見えながら谷わたり
紅かゞち糸につなぎて納屋の戸に（註、かがち――ほほづきの古名）
玉虫の玉のる桐の広葉かな
玉虫の葉を食むみゆる月夜かな
花氷花に埋れて溶け入るよ
船虫の甲ひからせぬ月の巌
淋しさは船一つ居る土用浪
常夏の温泉《でゆ》の真昼の鏡かな
ふけて来し雲に風情や夏の月

松の根のなか〳〵くらし夏の月

影よりも纜《ともづな》ほそし夏の月

秋季出水のする頃、出水の都度、下り鮎の未だ残り居ることによつて尚鮎の居なくなつたことに於て最早出水の到らぬことを卜して、杉檜の筏を流す最もよき機会と水量を観察する。此様なことは何でもないやうなことでありながら山人にとつては実に気象台の役目をなすもので、深山住の者の生活に甚大の影響をもたらしたものである。斯うした意味に於て、若しこゝに新季題を設くるならば、残り鮎、とか鮎残る、といへば錆鮎、渋鮎、下り鮎、落鮎、とまり鮎の如く秋季に属し、而も殊に長河の上流山地に於ては錆鮎、渋鮎の如く痩身不美味なるにひきかへ、却つて肥え太り美味なるものといふ意味になる

二三疋のこれる鮎に瀬音かな

颱風のその日訪ひ来し少女かな

蓼その他赤き花など草出水

陽も月も出水をひかす珠の如し

山襞の彼の秋の燈ぞ幼《をさな》より
大いなるかたわれ月を巷の夜に
さゝ濁りしばしに澄みぬ落し水
露霜やとさかもたげし七面鳥
たそがれてさびしきものや冬紅葉
初雪の舞ひより窓の玻璃を擦る
富士の雪へむらがる枝や枇杷の花
年内の雪四つの日《か》の夜半より
光り降る雪あり月のビルディング
やはらかに降る雪浮め夜の木々
夜のつむじ這ひゆく方や雪女郎

昭和十年

覚めぎはに何か初夢見しごとし
鳥総松雪の底ひの土の中

松過ぎてなほきさらぎを心かな
松過ぎを来てこの人の春着かな
蓋しやる盥の鯉や冴え返る
縫ふものに尺八《たけ》の袋や春の雪
鯉を画き水をゑがくや春の雪
滝のひゞをとく〳〵として春の水
春の水岸へ〳〵と夕かな
のぼらずて見る頂や春の雨
春雨の地をながれ出る花片あり

母危篤の電報により即刻帰省、以下逗留中ヤカナ吟社にて

ほのと積めば粉雪霰も春のもの
一枝の椿を見むと故郷に
月影に春の霰のたまり居り

母癒えよと春の霰の月に歩す
桃椿なべて蕾は春深し
母の初七日、さゝやかながら経あげ貰ふ。増上寺にて回想
本堂の太しき柱木の芽時
風すぢのまゝの茅花に夕日かな
大風をしづめの雨も弥生かな
春宵や人の屋根さへ皆恋し
たへがたう心ふと濃し春の宵
花の月枝がくれ母の心かも
霞まんとして霞み居り花の春
ひとりでににじむ涙や峰の花
花房の滴や花の雨の中
老鶯や見上ぐる峰の巌根より

悼虚吼翁　一句

淀屋橋を並びゆきしも花の頃

行春や古炉へまでも花の風

たそがれの水に見え居り蝌《くわ》蚪《と》の陣

藤の房水辺に垂れて奥くらし

藤の花太蔓巌の郤《げき》を匐へり

屋根瓦大方葺かれ藤の花

藤棚やなほ築山の奥に藤

惜春の眼に蝙蝠のはゞたきよ

一鍬に起す菫や夏初め

初夏や咲かむとすなる巌躑躅

初夏や散りのこりつゝ花あしび

初夏は色さまぐ\の楓より

青梅や庫裏の溝板濡れ滲み

青梅を抱きて居りし蛍哉
青梅にあたつてそれし蛍哉
蚊帳越に本箱の玻璃明易き
昼の月いとゞ濃まさり若葉うへ
ゆさ〳〵とさゆる、ときも若楓
葉の中に降りこむ雨や若楓
干す蚊帳のかうも古びて麦の秋
灯して過《よ》ぎる列車や麦の秋
明易や戸出の溝《どぶ》板踏めば鳴る
洗ひ髪ひろげ寝の幮《かや》明易き
なぶる子としりて啼きけり鴉の子
風吹きて逆立したり鴉の子
牛に乗つて人蘆辺より行々子
十年の庭に一叢青すゝき

庭隅へホース向けゝり青芒
宵はやみ大雨につる蚊帳青し
草わけの鹿《か》の子等こちを見て居りぬ
顔かしげふとものを見し蜥蜴かな
蜥蜴の尾きれて躍れる巌の上
地の窪をはうて這ひ出る蜥蜴かな
雲影に消えては見ゆる緋鯉かな
すてし水土にもしまず乾きけり
音たてゝ大地うちきし夕立かな
滴りの音の間遠の井や真昼
滴りのはやきとおそき見えかくれ
滴りや釣瓶の水が井の歯朶へ
汗の人を尊くも見て通りけり
鳰がひく水脈睡蓮の花よりす

新涼や二度の午寝も恣《ほしいまま》
夜長さはありぬ竈にたつ火より
には松のよひの幹より鉦叩
月の供に琉球薯の赤さかな
吹きはるゝ狭霧に真夜の既望かな
十六夜の雲霧宙によもすがら
出水のあとこのあたりまで曼珠沙華
人行きしあとへ鳥来る花薄
大いなる縁戸袋や蕃椒《たうがらし》
戸袋の節にかけあり唐辛
瞑りて秋霖を聴く朝湯かな
椎の実や日は高らかに峰《を》を渡る
日々の椎ためて俵や夜々の庵
椎の実を斗《はか》るがうれし崩しつゝ

大いなる黄葉のちる深山かな
末枯れのある日ひそかに小雨かな
刈株を踏めば水噴く穭《ひつぢ》かな
穂の出来ていよゝさみしき穭かな
花八手奥へ〳〵と園の径
わが顔をのぞきに来たる鶲《ひたき》かな
光芒を下へ日の出や冬木越
弓張の提灯くらし青葱《き》ひく
葱畑やまた峰の月むら雲に
炭荷馬あふりの紋の金はげて
炭荷馬大きな鈴で来りけり
いこり来てかたち全し桜炭
鳩ちかく横にかけりし霙かな
たそがれて木深き音の霙かな

大年や銀杏落葉も掃きたてゝ
雪ひらををり〳〵うみし小雨かな
正月もちかくなまめきしんのやみ
苔むしゝ巌の上より除夜の鐘

昭和十一年

元朝のさゝなきしばししてやみぬ
元日もはや燈が見えて夕焼雲
初啼きの鶴二声や檻の中
玄関に女礼者のあるごとし
白壁を伝うてけふも嫁が君
餅花のしだるゝ中の小判かな
餅花の影みなながくうごきけり
竿をもつて叩き落しゝ氷柱《つらら》かな
大雪の中の廂の氷柱かな

節分の夜の瞳にたかし嶺の星
物尺で落としてひらふ氷柱かな
星一ついとちかく見え春めく夜
春あさく来て居り庭にけふの雲
早春や大いなる鳥窓をすぐ
残雪の上の日南の木影かな
耳かいてまたねむりけり孕み猫
虻にさめてはまぶしみ寝《い》ねぬ孕《はら》み猫
夜半の地に二声ばかり猫の恋
庭に来て若き虎斑《とらふ》の春女猫
相つれては相わかれては岩燕
寝しづまる頃に月ある木の芽かな
ひよろ長き梢のさきの椿かな
はなびらの中の花粉や白椿

した枝の白玉椿夕まぐれ
青々と畳張りかへ庵椿
椿落ちて漂へりしが瀬へ流れ
突風のふるはせすぎぬ梨の花
青天や白き五弁の梨の花
まるめすてしほごよりたちし朧かな
撫子をしばしたはめつ大揚羽
唐臼にかけある夜の絵凧かな
春暁や土間のひよこの鳴きやみし
春暁の日の来れば露光るなり
行く春や心に置きてたもつもの
山藤を誰が折りすてゝ草の上
雨の牡丹花弁《はなびら》からも滴かな
囀や庵ほのあけに間ある空

ほのぼのと降る雨にこそ初若葉
ぬぎためし曠着の裏や初若葉
桐若葉出る葉〳〵の全けれ

須賀川行帰途、那須へ立寄る

廊を拭くおから袋や時鳥
暮れくれて終に星出ぬ梅雨夕べ
送梅雨けむりのごとく雲はしる
梅雨入夜の葛餅うすき色にかな
うすあかねして夕雲や梅雨の果
梅雨の闇しづかにありて深きかな
木賊にも若葉はありぬ梅雨長し
梅雨夜長しいつの世よりの木菟《づく》の声
枇杷の実の上《うは》白みして熟れにけり
水に棲んでうす桃色や鮎の口

鮎の背に一抹の朱のありしごとし
腰の魚籃《びく》に大鮎つかみ入れし見ゆ
よべは足けふは手に来し初蚊かな

かねぐ〵、かはほりこそは火星の精の化身でもあるかと思ひゐたれば

火星涼しかはほりぬけて来りしか
浮き出ては消え去る雲や青嵐
逆に干す大洋傘や庭の百合

或年の夏　一句

青田叢々と天に跪坐せんおもひかな
秋光や次第にたかき桐梠《もみぢ》
壁すつてゆく荷の牛や烏瓜
半面の枯れし大樹に南五味子《さねかづら》
茶の花や下駄の歯あとにとまる蝶

ちりゐたる一葉の笹に冬の露
初霜のはげしさ何ぞよき日なる
庭前即景　一句
大黄菊うつぶしみだれ初霜消
一刻の炊ぎのけむり初霜消
うつら〳〵ねむけざす日や初霜消
初霜や一日おきて三日目も
冬の蝶石をはなれてとびにけり
降りそめし雪をやはじき幹かはく
葉の先のとがりみな黄に冬の篠
赤き蓋かむれる瓶やベルツ水
昭和十二年
大月《だいげつ》のまゝに元旦こえにけり
雪の日や八時といへどうす曇

田の畦をのぞく鵐《しとど》や雪晴間
樵りぐちのくろずむ枝も初日影
雪のこる家《や》のまはりとも思ひ臥す
鳩すでに春さむけれど群れとべる
ゆかしさのほめく日ごろを余寒かな
あはれさはつどへるひと丶はる寒み
流木のすれあたり過ぐ猫柳
岸に着いて舳ゆれをり猫柳
猫柳畑地のなかに池一つ
舷《ふなばた》の内側に日や猫柳
寝ねしま丶つと眉ひそめ春の猫
鶯の羽づくろひ見し小雨かな
悼
涙ぐむ心をおさへはるを待つ

降りやまんとして卍する春の雪
暁に降り暁にやみけり春の雪
窓ちかく来て巴すも春の雪
陽炎や底の砂へは水の影
陽炎をひき流れよる落椿
さゞめきて波と寄居虫や夕霞
見えそむる草のかたちや花曇
蜘蛛の囲に何かつき居り花曇
日曇るや喉ふるはしゝやもりかな
光りはじけ緑しそむる木の芽かな
降るや雪滴ちりばめ木の芽かな
椿とは春咲く蕾真冬より
雪かゝる乙女椿はまなか濃く
眼の前の木に凮見えて朝霞

炭斗《すみとり》に炭二かけや夜半の春
雨音やいとゞ朧と思ひしに
急須の茶しぼりたらすよ夕朧
上へとぶ落花ばかりや花曇
南《みんなみ》にあけぼの色や明けやすき
明易やをさなのごとく蚊帳の中
葉と落ちし蝸牛幹をのぼるなり
夕やけの中に蚊帳つるふしどかな
一山の南風《まぜ》の裏葉に夕日かな
蟷螂のどこまでのぼる梧桐かな
幹も枝も葉もあを〳〵と梧桐かな
落ち毛虫いそぎにぐるよ青嵐
旋《めぐ》り散る葉の白々と竹落葉

南方高台に永遠の森あり

もみづると第一に巨樹色なせり
ほの〴〵と日出づるまへの雲の峰
どの幹もどの枝も日の盛りかな
月をあびて風にもまるゝ梧桐かな
木もれ日に背《せ》のひかりみえ法師蟬
夜の蟬電気の紐にとまりけり
月の巌のくらみよりたれ薄の葉

病漸くおこたる。窓外に景あり

でゝむしにつぐなめくぢり秋霖に
夕やけのさめたる水や秋の暮
去年《こぞ》刈りし茎根も見ゆれ蘆の中
朝やけの映る障子も貼りかへて
見るうちに朝露たるゝもろ木かな
竹を挽く小鋸の音や秋深し

同じ木にかの一枝の紅もみぢ
立冬や咲いてまもなき石蕗の花
もえながらまばらとなりぬ冬紅葉
鳥にげて枝うごきたる冬日かな
夜明け来し巣を小鳥出し枯木かな
朝やけも夕やけも映る障子かな
焼きあげし真炭の紺に山日かな
暁の日の染む上枝より笹鳴きす
冬晴の肥汲む音の尊かり

昭和十三年

元旦の枯枝へまづ四十雀
奥山や枯木の穂にも初日影
奥山やめでたきものに飾炭

鄙一句

白糸にむすびてさびし飾炭
濡れひかるお降《くだり》とこそ見まもれる
凧の空炭ひく音と暮れにけり
大樹ほど遅き木の芽の深山かな
雨ふくむ葉の重みして若楓
石にねて耳かく猫や花曇
ましろなる鳩一羽翔《ゆ》く養花天
部屋いまだ冬のまゝなる若葉かな

初見参の若人、さる知りひとに似たる、只年齢の差と、男（をとこ）、女（をみな）の差あるのみ

むせぶほどこのひとを見つ若葉の夜
巣立雀枝の葉かげへ横隠れ
三方をあけはなつ間や巣立鳥
葉桜や立つ二枝のなかの月

葉桜の葉にかゝりつゝ月明し
結ひし藺のつよくぬれゐる粽かな
一本の篠若竹に薄暑かな
岸草の長葉や水づく梅雨出水
おとゞしの蝸牛ならんおほふとり
雨に更けて蚊帳に重みを感じけり
あまだれの雫にちかき梧桐かな
古葉より上に若葉す梧桐かな
宵の虫医の帰られし後に聴く
ひとつ家《や》はとざして寝《いね》ぬ月の苗
秋猫の廂をわたる音すなり
肉《にく》維《ゐ》核《さね》にほのほのごとし大白桃

妻が物したる「白桃」の句のながめ、いと尊しと思ふ　一句

皆人を神とぞおもひ桃しやぶる
大都とは霧たちのぼり十三夜
小春日にみどり明るく透く葉かな
山繭の冬鮮けき緑かな
けばだつてやはき緑や柞蚕繭《ははそまゆ》
神棚の燈のふもとなる炬燵かな

昭和十四年

天心にかゞやく日ありこぞことし
元日やをり〳〵さわぐ風の音
土すこし凍てあるも見え去年今年
大寒の野にみじんなし枯れ芒
春さきの音ぞと夜半のまぜをきく

入院して

遠嶺富士雪げむりして梅の花

暁の富士いつまで白き四月かな

三月廿三日病棟の塗替はじまる

ぬりかふる刷毛よりうららはじまりぬ

松が枝の奥の月とは葉も見ゆる

日頃の病に複視症を加ふ

頭巾を笑ふつまらの顔の二つづつ

昭和十五年

春といふにはやゆふづつの富士へよる

一番子二番子雀巣だちあひ

梅雨に入る雲に日にじむひとところ

いとひくくまあかの月や梅雨ひと夜

入院

夏の夜の群星にわれひとり泣く

金色のあかき日の出の若葉ごし

かやをつる吊手つくりぬ窓若葉
大桜若葉してふるき枝見ゆる
短夜の明けてなほ灯くともしかな
明けばやの大煙突にうす煙
しののめの雲に陽にじみ明易き
短夜の永々し外《と》は浄土なる
短夜の三たびもめざめ暁遠し
月の暈いつしか消えて明易き
ふる蚊帳の中のあまりに月清し
高窓に蚊帳見えて星天にみつ
蚤取粉ふりたてぬ月の蚊帳のうち
まことちさき花の草にも夏の蝶
おしかくす雲の月より雷光す
北と東に雲美しう夏入日

昼も夜も真空に白し夏の雲
群星にうもれしわれの一人涼し
土用星洋《なだ》に珊瑚のもゆるらむ
さむきほどに不順の夏の星座かな
星夜ながらに明け白《しら》み秋のまぢかなる
秋ちかくいつしか富士へ入る日かな

妻と遇ふ日をまつ日頃、夜々窓辺に星を見る

天の川のかはべにたてば星の海
ひぐらしのやむや浅黄に日の暮れて
此年は残暑もなうて月の虫
初野分はれてしづかに月ひくく
大天《ぞら》明くる夜長も永久《とは》の時のうち
時計うれし永久の夜長を刻む音
月たか〴〵の富士のまそらも夜ながにて

葛の花見て深吉野もしのばゆれ
蚊帳とれば畳にはやし草履虫
いとど一つふとき声して夜なかなる
草雲雀しぬび音に夕べ深まさり
夜すがらの月をながめぬ蚊帳のうち
月の出の雲中天へうろこして
秋彼岸おとなふひとも絶えてなく
冬とても或はしからむ
富士が嶺に入る日は秋も金色《きんいろ》に
むせび啼く虫もありしに神無月
霽《は》るゝ夜半のふと冬めきて星月夜
碧瑠璃の空乳光の小春かな
こほろぎの音に冬近む夜ともなりぬ
入日をろがむ窓辺に冬の蠅一つ

月ながら冬霧わいて夜もすがら
廊下にも一夜たちこめ冬の霧
しん〳〵と降る雪を見て夕かな
小夜にふと感ぜし地震《なゐ》が雪おこし
真東に金の月出てかみなづき
雪の富士へわたる満月夜もすがら
大雪の晴れ間の富士を高き駅に
静かさは月のひかりと年のくれ
朝々の初日をろがみ年のくれ
行く年の月ひるのごとてりにけり
大年のひるさがりより零《こさめ》など

昭和十六年

元日に喫はむと「錦」買はせおく
金の雲ちらし入る日もお正月

雲もなく月真《ま》つ天《てん》のお正月
初富士の真白の雪に襞も見え
一痕の月たかくかゝり四日もはや
月纎《たをやか》にまことしづけくある二月

常住偶感

何といふ宵なが〳〵しきそさらぎ
片富士の雪解にならび入る日かな
鎌月も星も青みて余寒かな
奥山に大雪やある余寒かな
咲き出で、梅としりけり屋根ごしに
紅梅に照り沈む日の大いなる

有感

三月は鳥も啼かずにくれにけり
消つ生れつ浮く薄雲の弥生かな

はや〲と巣雀ねむり朧かな
雨あとの花白々と桜かな
花びらを透く朝日ある桜かな
初蝶の一つは高く黄蝶かな
この窓にかくも若葉し夜半の月
夕あかねして小雨あり四月尽
窓の玻璃に雨粒かゝり四月尽
をちこちにふとかな〱の明易き
金色の雲ばかり見え明け易き
武蔵野の幾とこ灯り明易き
世田谷は梅雨めく夜半のほととぎす
夜すがらの月をながめぬ蚊帳のうち
秋はちかむ星夜ながらに明けしらみ
かな〱とつれて日くるるせみしぐれ

ひぐらしに黄金いろして夜明雲
秋の蚊のとぼしくなりし便所かな
秋の夜の大地にひびく貨車なりき
群星のもとに白桃《すゐみつ》すすりけり
故人おもふや風炉の名残りを妻と居て
神無月畑の真中に出来し道
青帝暁《あけ》を青女《せいによ》に霜を乞はれけり
青帝起つて日に六《むつ》の花をはなちけり

昭和十七年

ちら〳〵と空を梅ちり二月尽
梅が香に潮ざゐ鳴りて夜もすがら
留守の庭に梅咲く浜の小家かな
銅鑼を床にまつりて濃茶まかりけり
茶事すんで相寄る釜の炭火かな

青小梅庭一面に落ちにけり
相模灘しづまる闇に時鳥
雛紙に老ねもごろや熟柿一つ
地を出し物みな枯れて冬田かな

昭和二十三年

夕凪の雲美しく寒の果て

深吉野をしのぶ

深吉野や瀬々に簗まつ下り鮎

出雲稲佐に建てる我が句碑をしのびて

神ながら巌ぞ立てり神無月
玻璃打つて鶯の子の落ちにけり

昭和二十四年

春意ほのと夕べに近き雨の音
女とは妻なり弥生厨事

夜に入りて花烏賊数多届きけり
近き海を忘るるほどの若葉かな
明け易き戸《とぼそ》の縁と思ふかな
明易く夫人と妻の顔二つ
わだつみの底ひもしらず梅雨静か
蚊やり香夫婦の中に置きにけり
動くものみな緑りなり青嵐
懐しき心起りぬ青嵐
葦簾の半ばを照らす夕日かな
潮騒の音響き居り午寝覚め
道ばたの捨て蚕に赤のまんまかな
大松の枝折れ下り野分あと
厄日あとさすがに夜の虫近く
夜に入りて妻帰り来ぬ秋深し

冬めくや朝日くまなく住む庵
飛ぶものも鳴くものもなく朝寒み
雨に照り日に濡れ石蕗の花崇《たか》し
妻とわれに垣の内外《うちと》の冬木かな
十七夜の月煌々と歳の暮
静かにも空晴れ渡り歳の暮

昭和二十五年

門松や只大雪の積もり居り

或時有感　一句

哀れなる妻と思ひぬ衣更着《きそさらぎ》
初午の黄昏れし燈を点しけり
白梅のうす緑して花盛り
碧空や諸ろ諸ろの芽に朝日影
夕陽ひそと木の芽を染めて居たりけり

臼になる幹ばかりなる森樹の芽
油炒りする音八十八夜かな
窓あけて翠微の中や更衣
静けさは地軸より出で若葉まで
濡れ濡れとして風もなく八重若葉
梅若葉檐の裏へも伸びにけり
今日の鳥皆だまり飛ぶ若葉かな
雨粒に動く葉のある若葉かな
梅雨空や自づと雫く庭青葉
ほのぼのと梅雨夕焼けの夕べかな
緑陰に臼造り居る男かな
蟬生まれ石ある方へ這ひにけり
青空や今日はじめての蟬の声
夕月に七月の蝶のぼりけり

桐一葉風がもて擦る土の上
送り火をして連れもなく妻帰る
今日明けて万朶の露を見たりけり
立たれざる身に立待月の今宵かな
潮ざゐや相模の国の秋の暮
諸ろ鳥の渡り了せし夜となりぬ
中天の日の光浸み枯尾花
冬靄の中に点りし燈かな

昭和二十六年

初雀静かに庭の苔の上
常磐木の包める庵や初日影
炭団活けて春待つ心さびしけれ
旦より二の酉《とり》小雨《こさめ》光り降る
梅の花雪降る如く吹かれ散り

養花天まばゆきまでの夕餉かな
静かさに哀れなほどの若葉かな
夜の若葉花の如くに見ゆるかな
真夜中の梟鳴きぬ梅雨の入
実にも葉にも個々に陰もち窓の梅
高松の幹動かせて青嵐
緑蔭や歯朶の若葉の奥の石
若薄日に日に育ち垂れ初むる
黄昏れてなほ蟬時雨つゞきけり
寒雁のほろりとなくや藁砧
月面に寒雁の翳《えい》かかりけり
今日足袋をはき替へにけり寒ければ
音なしの幾夜の冬の相模灘
秋はあはれ冬はかなしき月の雁

松朽《く》ち葉かからぬ五百木《いほぎ》無かりけり（絶句　十二月七日）

補遺

ありし日の深吉野を偲ぶ

昭和六年九月、深吉野の鍵谷虎髯翁より尺ばかりなる鮎贈り来る。その折、息芳春《くにうた》氏のとどけくれし森口奈良吉氏の著書「鳥見霊畤考」「吉野離宮考」を読み、また古き国歌をしらぶるにつけ、二十年前のことども、その浅からぬ因縁なりしことに気づき、かつ驚ろき、かつなつかしみぞ湧く。玆におぼろげながら想ひ出づるままを、順序もさだめず書き誌す。

石鼎

踏みしだき猪臥《ゐぶし》の露に今日も濡れ

あるときは青根《あをぎ》が峰の月を見むと

露のほか何もなかりし鳥見《とみ》なりし

青竹の大簗懸けに霧ぞたゝむ

ひとり寝の燈に紐解かぬ秋もありぬ

霧ひきて真木伐りおろす峰根《をね》ぞ見え

或る時

私に何か俳話をしろといふ。

そこで皆さんが私に対して第一に聞き度い事は、と問ふたら即座に「句を作る態度」といふのである。

こまりましたな。あまり問ひが広過ぎるので、でもまアそれに応へやうとするには、次のやうな事でも申すより致し方ない。

先づ目をつぶつて、ぼう――とした心持で作るのが一番いゝ態度のやうだ。丁度お湯にでもつかつて、ぼう――といゝ心持になると、自づと目をつぶつていゝ心持にひたる、あゝいつた心持に触れることだと思ふ。

かねぐの用意としては、常に心持を出来るだけ低めて、即ち親しみて物を見る。その時きつと見らるゝ方のものに、一種の輝き――親しみ、なつかしみ、ものゝあはれの輝き、趣きの輝き、平明、余韻の輝き、色彩、形状の輝き、配合の輝き、道念、理合の輝き、蕭々の輝き、寂寞の輝き等々、恰も闇夜にもとむる星の瞬きの如く、ものゝ輝き——が認められる。

その輝きの一つ一つを幾度も幾度も心のうちに味はつて、或ひは直ちに得て以て、平明に一句にまとめる。とでもいへばよからうか。

これをいひかへれば己れ自らがその輝きの一つ一つにでもなつて、あたりを照らすやうな心持を養ふことであるともいへやう。

なべてものゝ濡ひ、心のうるほひは、こゝのところより発しもし、亦押し広まることでもある。

母のふところ

薬箪笥（百箪笥ともいふ）の置いてある玄関から、新道を一つ隔てゝ、籬越し、爪先下りの前庭を持つた一軒の家があつた。そこは農の傍ら桶屋を業とし、姓を珍部《ちんぺい》といひ、屋号を「さがり」といつてゐた。

又、玄関の左隣は、何を商つて居た家であつたか憶えぬけれども、新道に面して箱縁があり、その箱縁には低い鉄柵格子がしつらへてあつた。母はよく私を懐ろに入れて、例の子守唄を唄ひ乍らその門辺をもそゞろ歩いた。

或る夕べ、それはつるべ落しの秋日和の、日もはや妙伝寺馬場の松並木に沈むころであつた。母はいつものやうに門辺へ出て私をすかして居つた。さうすると、その鉄柵格子のお隣から一人の女が出て来て、矢庭に母の懐ろから私を奪ひ、自分の懐ろの中へ入れるのであつた。「可愛いゝ坊《ぼう》やんだ。ほんにえゝ、坊《ぼう》やんぞ」と云ひ乍ら、母の大きなたるんだ乳房よりも、やゝ蒼白の筋肉のひき緊まつた乳房を、私の鼻の下へ含ませやうとした。
私がそれを嫌がつて声をあげて泣くと、あはて丶又私をゆさぶりすかすのであつた。（尤もこれは私の最も自然な想像であつて、可愛い坊やだ〳〵と頻りにお愛想をいはれた記憶から推すと、ことによると案外人見をしなかつた子なのかもしれぬ）
母は此様に饗応はれるのを見る毎に、自慢さうな面持で笑つてゐた。すると今度は「さがり」のおかみさんが出て来て泣き乍ら母の懐ろへ帰らうとする私を、かの女の懐ろから奪はうとした。彼女は私を離そまいとして二三歩はなれた。然し乍ら遂に「さがり」のおかみは、それをしも追つかけて、その懐ろへ奪ひ込み、再び彼の女のしたやうなことをする。それを母も、彼の女も覗くやうにしてあやしながら満足さうに笑うてゐた。これは余程後で聞いたことであるが、何でも父と母の年廻りによつて、その年の生れ児を斯くするといふことは、何かの呪禁《まじない》にでもなつたもの丶やう《い丶し》である。
丁度その頃であつた、母は四女三男目の生れ児を伴れて、七八里もある飯石の山奥の里方へ里帰りをした。その道中、或は母の脊に負はれ、或は人足の担いでゐる挟箱の片荷に乗けられてゐた私に乳を飲ませうと、山道の苔むした岩ケ根に不図腰かけて私を抱き上げた。するとそこの近くの家から一人の若いおかみさんが飛び出して来て「その坊《ぼう》さん、ほんに可愛い坊さんでやんす、なんと可愛い坊やさん」といふて暫らく見てゐたのであるが、たまりかねてか、たうとう「どげぞ〳〵（何卒々々）おら

（妾）にも、か（貸）せてご（下）しなはれ」といふて私を母の乳房から奪ひ、自分の懐ろへさそくに入れ、乳張りのした豊かな乳房をあらはに出して淡桃色の乳豆を無理強ひに私の唇へあしらつた。

母はこの山中での出来事が、余程嬉しかつたとみえて、一つ話のやうに自慢してよく人にも話し、後日の私どもにもきかせたものであつたが、この話を聞かされる毎に、私は常に思つた。古への身嗜み、順礼笠を剃り眉目深に冠り、浅色唐縮緬《ちり》の脚絆に白足袋を穿ち、草鞋の紐細く、片手に杖をついた年増の母の旅姿と、肌色のあくまで白い山《やま》ん女《め》の艶々しい顔を見合せ乍ら、木蔭漏る日にほゝゑみ交はす臙脂の唇から、相方が艶よくもらす黒々とした鉄漿の歯並みを思ひ合はせて、心ひそかにその場の光景を忍び、懐しんだものである。

私たちの郷土の南方に万九千山《まんくせんさん》といふ山がある。昼見るとそのてつぺん近くに赤い禿があつて、その禿の直ぐ上にこんもりと林が見える、それは松林でもあらう。小学校の時に遠足で一度登つたことがあるが、子供の足で朝早くから出て夕方晩く帰つて来られる程の道程である。そこに神社でもあるのか、郷人は万九千様ともよぶ。

母が里帰りをする時には、この山をいち先に越えるのであるが、道の順序からいつて夜明の未だ全く暗いうちに出発をするので、その時点して出た提灯がその山を越えてしまふまでこちらから見えたのださうである。

その灯の見える頃、父は妙伝寺馬場の松並木の間へ出て、その一点の灯が麓へ現はれて、山頂の森を越えるまで、こちらからじつと見てゐたのださうである。

ちんがりほんがりと見える提灯の灯が、頂を越えて全く見えなくなつてしまふと、父は始めて我が家の方へ歩を移し、「あ、無事に万九千さんを越えました」と見送りに来てゐた近所の誰れ彼れや、案じ待つてゐる祖父祖母をはじめ、居残る子供等に、「もう一度やすみませふぜ」と告げながら、再び寝床へ寝ころんで、みんなと夜明を待つたさうである。

茲に父のことをいふたから今少しいふてみる。

父は幼少の頃、素読を鳥取藩儒、宜堂先生に学び、医を祖父如春から亨けた。尤も幼時は学問ぎらひの方で、当時の寺子屋であつた神門寺の本堂の縁側へこつそりぬけて、お弁当のお結びだけを平らげ、草を摘んだり、蝶々を逐うたりして遊んでゐるので、宜堂先生と祖父にお目玉を頂戴し、罰として祖父から文章軌範か何か、何でも難しい漢文の浄写を申しつけられたといふ、そんなことで勉強をしはじめ、若うして医となるを得た。

古へは、医は家伝であつた。先年父は医術開業満五十年の紀念品を日本医師会から貰つたことがあるが、それには大正甲子秋と刻してあつた。

私は久しく生国を隔て、住んでゐたので、之をいつ貰うたのか分らぬが、それは大正十三年秋として、前へ繰つてみると、医術開業登録の法規の定まつた年が分る。父の齢を父のもらつた年から指折り数へてみると、五十年目、それよりも更に十年も前から医術を施してゐる。してみると未だ二十歳に足らずして医となつてゐたことが知られる。

父が医となるや仁多《にた》といふ山奥の、曾つて永らく貴員を勤めてゐた桜井といふ長者の邸に住み込んでゐた。家は祖父祖母と母に留守居万端を任せ置いて、年の中、一度か二度家を見舞ふばかりで、他は悉く山入りをしてゐた。この頃は医といへども茶俳、武術、馬術なども一通りは修めねばならなかつた。山には乗馬も飼うてあつたので、それに乗つて谿谷の病家を見舞つたりなどもした。

或る年には十里の山奥から逸馬に鞭つて村入りをしたこともあつた。定紋入朱の厚塗りの鍪笠《かぶと》に黒毛繻子の馬乗羽織、ごは〳〵としたあら織りの小倉、黄と緑の棒縞の馬乗袴を裾広に穿ち、覆輪の鞍上、大小美事にたばさみ、薬籠かついだ早人足を打ち従へて、漆塗鞘柄、鯨接柄の騎馬提灯高らかに、はいようとつと、と峰越え野越え家路を目指す、父の暁発《あさだ》ちはまことに威勢なものであつた、とその頃八重滝といふ所に住んでゐた父の姉にあたる伯母が、当時行きあはせて見た話を、後々みんなにきかせよつたものである。尤も医のことであるから平時起居の際は、朱鞘の脇差一振を着したものださうで、それ等当時着用の品々が、私達の大きくなる迄、古箪笥の底にむしくひのまゝ一かためにして仕舞うてあつた。

当時、豪勢な山中の生活から、父は時たま老父母と数多い子供達の団欒を見舞ふべく、我家をさして急ぎ帰る、之が父の生活の一面でもあつた。思ひやりの篤い、物に親切で、子煩悩であつた性格の半面に、恐ろしく家人に厳格であつた五十代以後の父の気象が、このやうな若かつた折の話を聞くたびに、すでに生れ乍らにして備はつてゐたことを彷彿するのであつた。

併し私はこの生家にある間の父に対する記憶が更にない。漆黒の鬢髪を梳り、眉目秀麗であつた二十年代の父、髻《もとゞり》を断つて開化した三十年代の父、否な、四十年代の父をすら、私は知るを得て居らぬ。

父の四十代は恐らく可愛い坊やであつた私が、母の懐ろへ這入つて只管に両の乳房へ獅嚙みついてゐた頃であつたらう。

水神にちかふ

かの鉄枴格子の家のおかみは名をおみやといつた。そこがいつ頃から煙草屋をはじめ、何時頃から呼び始めた屋号であつたのか私が七八つの頃にはもう煙草屋といへば誰れ知らぬ者のないやうになつてゐた。隣合せであつたといふこともあらうが、後に家の出入をするやうになつてからは、わけて親しい間がらとなつてゐた。

もうその頃は私の家も新道に添うて、ずつと北の方、西側に移つてゐて、このおみやさんの家も、生家から村道を隔つた角《かど》の唐津屋から二軒目、新道に添うて南へ移つてゐた。

おみやさんの連れ合は万さんといつて黒い髪に白毛を交へた平たい頭の、目のぐる〳〵とした脊の高い喘息持ちであつた。喘息持のくせに大酒呑みで、酒を呑むと大声をあげて気焔を吐いた。一寸法律も知り、物識りであつたので時に近隣の人々に珍重がられもした。それの一人息子に熊といふて万さんと瓜二つといふほどによく似た二重瞼《ふたかはめ》のぐる〳〵とした、睫毛《まつげ》の長い、これも親に似て子供のくせに太い若白髪のちら〳〵と見える、恐ろしく頭髪のこはばつた子であつた。

私は十二三になる迄其の子供ともよく遊んだ。私より二つ三つ年下であつたけれども脊も高く、川狩、魚釣、泳等は私よりも上手であつた。只角力はいつも私が勝つてゐた。これと二人が夏休になると麦稈帽一つ冠つて神門《かんど》川の磧へ泳ぎと角力とによく行つた。

例の、村民の呼ぶ淵といふ沼沢の辺りを登つて堤を越えると茨や水楊《かはやなぎ》の生え茂つてゐる間々に相当の広さをもつた洲浜があつて、その砂浜を岸としてかなり急な流れが添うてゐて、そこに堰がしてあつた。その堰上の一番深い所で丈に近くもあつたらう、それを横ぎつて沖の遠浅へ出で、一面の礫の洲へ渡るのであるが、泳ぎに倦くと、こちらの砂浜へ戻つてやけ砂の上で二人が角力をとつた。

或る日、だいぶ泳ぎも上達して、斯うした堰上の水力にも堪へて立泳ぎで渡ることが出来るやうになつた。嬉しさの余りその深みを幾度渡つたり戻つたりしたことか。そのうちいつものやうに疲れを覚えて来たので、かの遠浅の洲の方から泳ぎ戻つて今日の日の遊びを終らうと思つた。遠浅をゆつくり泳ぎまはつて、彼の深所で立泳ぎをしやうと計画した。得意でもつて計画通り立ち泳ぎをしやうとするその刹那である、何やらん足のところに非常な重みを感じた。ぬら〳〵と軟かいものが足に纏綿して―

—ずん〳〵と自分を深みの方へ引込むやうな気がした。同時に身体は滝津瀬をなして数尺を陥込む堰の水門の方へ押流されるのに気がついた。

それと知つた私は矢庭にその水勢に逆つて一生懸命に抵抗し、手足を左右上下に動かして泳ぎもがいた。けれども私の体頭はどうしても水の上に上ることが出来なかつた、のみかあたりは大浪と化し、堰へ向ふ瀬水は大海の音をたてゝゐた。仰ぐそこにはうす翠をした水沫と、もがく自分の小さな手のさきがあはれにも狂乱の形をなしてひらめくばかりであつた。あはやと思ふ間もなく、ぐつと幽冥へ沈んだ。再び浮き上らうとする時、そこにかすかにうす明るく見えた波の上層が、もがく為に迸る飛沫の薄みどりと、濁《だ》み色の白い泡立ちのみが、わづかの空穴に、而も怒濤のやうに見えるばかりで、どうしても、その上に浮き上ることが出来なかつた。

恐怖と焦燥と、悲しみと絶望と、それらが一緒になつた感情と、眼となく口となく、耳となく鼻となく、河水がぐん〳〵はいつてきて、気息を圧迫し、ぬるい甘つたるい味ひ、煙臭い香ひ……終に失望の余り手足が虚脱して来さうに思はれた、と、其時である、実にその一瞬時であつた。薄緑りの飛沫の中へ、ふと青い濃い色をしたものが、ぴしつ〳〵と音して現はれ、恰もその飛沫をなぶるかの如く見えた。将に溺れつゝある私にそれが何であるかわからう筈のものではない。只無意識に、無意識といつても絶望の最後のか弱い力、併しながら非常な速力で手を挙げて掴んだ。実に機械のやうに反射的にその青いものを……と思ふと、しつかりと弾力のある、強い手応へを掌にうけた。——其時の快感が今にも忘れられない、といふのは、摑んだと思ふと私の身体はいとも軽く、殆んど重さのないもの丶やうな軽さを覚えて、ぬうと明るい太陽と青空の上へ立ち上つてゐたのではないか。勿論足裏は岸の汀の砂をしつかり踏んでゐたにはゐたが。——見るとそこの砂上に熊公が笑つて立つてゐた。熊公の手からは二三本の楊柳の枝が長く差しのべられてゐた。私はその緑の葉のふさ〳〵とついてゐる枝の先をしつかりと摑んでゐた。恰もこの二人の総身の力が、生命が、血がこのかぼそい二三本の楊の枝を伝ひ通ふやうに、糸のやう真つ直に、ぴーんと張り索かれてあつた。赫ッと嬉しさを感じたが、その感情を制せんとするやうな心持もあつて、この際最も自然で且つそれ以上の方法の認められない動作に移つた。恐怖と絶望に悸え上つた神経と、そのほとぼりの脈うつてゐる私は、その握つてゐた楊をはなすと同時に、裸のまゝでそこの焼砂の上へぐたりと身を任せるやうにかしこまつてしまつた。

私は今こゝに、このやうなことを叙するのに、故意に言葉を飾つたり、誇張をしやうとするあとのほの見えんとすることを恐れる。斯のやうな時の心持が果して如何にしたらば最もよく現はせるのだらうか、とそれのみに心を置くばかりに。

さて、熊公は私のこの有様を見て何と思つたのか、彼の手にしてゐた青々とした楊柳の枝を、大空一杯に、大きく輪に且つ描き振りながら、雀躍りするやうにそこら中を飛び廻つた。

「やあい、やあい、坊《ぼ》やんがあつぱ〳〵、ぶく〳〵になりかけた」と嗤ひはやした。

「坊やん、あつぱ〳〵しやつしやるけん、おら、この楊で坊やんの頭を叩いてあげたじね、そげしたら坊やん、摑まつしやつたけん、おら、いつしよけんめ（一生懸命）で引つぱつたら、坊やんあがらつしやつた。……やあい、坊やん、ぶく〳〵、坊やん、あつぱ〳〵……」と真赤に日焼けた足の長い裸の河童が、赫奕《かくやく》たる西日をうけながら白砂の上を再び囃し躍る、この時の熊公の姿は実に神々しかつた。

私は両手を砂についたまゝ、溺れやうとした恥かしさと、今甦つた喜びと、感謝と、いろ〳〵の感情が入りまじつて、一種悲痛な思ひに唆られ、暫く俯向いて砂上を見つめてゐるばかりであつた。

私がいつまでも砂の上へ手をついてゐるので、熊公は少し心配になつたと見えて、その水楊《かはやなぎ》の枝を砂上へ打捨てるや、私の顔をのぞくやうにして「坊《ぼ》やん、水呑《の》まつしやつたか」と云つた。「口へ指を入れて吐かつしやい」とも言つた。

私は彼が云ふがまゝ、口へ人差指を入れて思ひつきり舌を押へて吐いてみた。

熊公は後ろへ廻つて私の脊中をとん〳〵と叩いた。二三遍嘔吐を促したのであるが、只僅かばかり、水のやうなものが出て焼砂を濡らしたばかりであつた。

熊公は私に、何の恙もなかつたことを見知つた時、「坊やん、いな（帰）や」と云つて脱ぎ棄て、あつた着物を着初めた。

私も立つた、さうして辺りを見廻した。この広い大河の、見渡す限りの眼界に、たつた一人の人影もなかつたことが、まことにうら淋しく思はれた。

一体どんなわけであつたらうか、と我に皈りかけた私は、水難の場所へふら〳〵と歩を移して恐る〳〵そこを覗いて見た。あの時、あの大海の濤のやうに思はれた波も、今はまことに常の平凡な淵波でしかない。只岸固めの古杭の根から太い長い縄片が、それも殆ど熟《うみ》腐れてゐると思はれるやうなのがゆらり〳〵と深く透明な水底をのたくり廻つてゐた。彼の時私の足に執念くくつついてゐたと思はれたものは之であつたか、と思つた時、その不吉な腐れ縄を憎み且つ憤り見た。そして今度は砂上に捨て置かれた楊柳の枝を拾ひあげてみた。折れ口の白い所を持つて、ぬれ〳〵した葉の長い先きを見守つた、そして躍るやうな心を、枝葉の感触を、その掌にうけた時、「有り難かつた」と心から感謝した。

私は私の着物の脱いである所へ帰つて、手拭で軀のきら砂を払ひ、日の熱のまだ冷めきらぬ衣を身に纏ひ、草履を履き、麦稈帽を手にとつて――麦稈帽を手にとつて、その底のレースの網飾りを見乍ら、濡れ乾く髪毛の上へ冠らうとした時に

「あゝ、私は生きてゐた」とはじめて思つた。歩きながら——彼の瞬間が過ぎてより、私はこの世の中に再生し得たのだ！と嬉しさが再びこみあげて来た時に、私の眼からぽろり〳〵と熱い涙がこぼれた。堤を越えるまで幾度びか大地を強く踏まうと試みた、しかしさうすればするほど足がふるへるやうな心持がした。それは恰も、そこらに闌けた昼顔や河原撫子が、夕近き草蔭に咲き澄む旋律のそれのやうに。

熊公は大きな声を挙げて軍歌のやうなものを歌つてさうした草道をとつと、歩いた。やがて堤の上へ立つてそこから展望せられる蒼々たる青田につゝまれた神門の平野と、村落を見渡した時に、私は胸一杯に大きく呼吸をしてみた。と同時にその村落の見ゆる限りに於て、誰一人として今日の危険を知るもの、ないことと、見渡さるゝ風物の総てが、川へ行く時も少しも変らず、同じやうな有様に見えたことゝが、少年の心ながらにも、いかにも淋しいことのやうに思はれた。すると、ふと私の耳元へ口を寄せて熊公は云つた。「坊やん、今日沈まつしやつたことを、誰にも云ふだないじね、云はつしやつるとうちは大変だじね、うちのちやつちや（親父）に知れると、坊やんを伴れて泳ぎに行つたが悪い、といつてとても叱られるけん。それでも云はつしやるか」と云つて私の方を見た。

「云はん」と私は頭を横に振つた。

「ほん（本統）かね」と念を押した。

「云ふもんか」と私は即座に答へた。

「ほん（本統）なら、吹かつしやい」と云つて、人差指と拇指を輪にして私の前へ突出した。私はその輪を強く吹いてやつた。そしてその輪の中へ私の人差指を通して、熊公のするやうな輪を造つて互に強く引き切つた。

私たちが村の家並へはいるや、熊公は飛ぶやうにして自分の家へ駆け込んだ。私は何となく気とがめがして、かの旧道を通つて我家の裏から帰らうとした。

日のくれ近かつたせゐか、気のせゐか、その辺を通り過ぐる人、門口を出つ入りつして夕仕舞ひを急ぐ人、日頃見知り越の人、是等が何となく気色ばんだ顔に見えた。本来からしていへば、物すべてが再生のよろこびにみち、平和な厚生へ還り、皆にこ〳〵し、また生々してみえねばならぬのに、それがどうしたことであらう、皆暗憺としてみえる、と私は不思議にたへなかつた。もしかすると誰れかあの場の光景を見た者があつて、言ひ伝へ語りつたへて、すでに村中の人々は悉く知つてゐやしないか、と思はれるくらゐ目に触れる悉くのものが、何となく私には妙な光景に見受けられた。それで、若しか今日のことが家へ知られてゐやしないか、とも思つた。きつとそれにちがひない、もしそれだとするとどんなに叱られることであらう。いつものやうに、長兄の子となつてあとを継がねばならぬのに、など、攻められたら私はそれに何と答へやう、早く明日になつて欲しい。もし父や母達が、今にも眼の前に現はれて訊きはじめたら、など、内心甚だ不安に思ひながら、そうつと茄子や胡瓜の茂つてゐる裏畑を通りぬけ、裏庭へ出て納戸の板縁に音もせぬやうに腰をかけた。

その時、家の中は全く暗く、座敷には誰れも見えなかつた、がたゞ台所の方に母の声がして、家のものどもを使役しながら頻りに夕餉仕度意をしてゐるらしかつた。そろ〳〵蚊の鳴く声も聞え、蝙蝠の軒にひらめくのも見えて来た。

「子供たちはどこへ行つたやら、こんなに晩くなつても帰らん、行水の湯もとつてあるに、ランプの掃除もせにやならんに」と聞き馴れた母の声で、子供の帰りの遅いことを頻りにこぼしながら、不図こちらの座敷へ這入つて来る様子であつた。私は一寸どぎつとしたけれども、それでも母の姿を少しでも早く見たかつた。見えたら飛びかゝらうといふやうな思ひで、声する方をじつと見つめてゐた。すると間もなく母の顔が、それは平常と少しも変らぬ穏かな母の顔が夕闇の中からぼーつと見えて来た。それがそこの縁にしよんぼりと腰かけゐた私の顔と、ひたと合うた。

「あゝ、こゝに居つたか」と母はやゝ安堵した面持で言つて、さつさと再び竈の方へ行つて仕舞うた。私はその後ろ姿を見送りながら黙つてなほそこに腰かけてゐた。そして握り持つてゐた泳ぎ手拭を、そのまゝ強く手首に巻きつけてぎゆつと強くしぼるやうに引いた。そしてふとうつ向くとたん、泳ぎにほとびた自分の足ゆびが、砂埃にまみれたまゝ白く乾いてゐるのがちらと見えた。何といふ心細さだ！心細さのまゝに、私は再び思ひつゞけるのであつた。

あんなに落ちつき払つてゐる母は、今日のことを悉皆知つてゐるのではなからうか、或は知つてゐても知らぬ顔してゐるのではなからうか、いや〳〵、熊公が言はぬ限り知つてゐる筈はない。あゝ、もし熊公があの楊《やなぎ》の枝を折つて、流れつゝある私のつむりを打つてくれなかつたならどうなつたことであらう。この世を私があのまゝ去つてゐたら今頃どんなであらう、母はもとより今こゝに静かに暮れやうとしてゐる家中は非常な悲嘆と混雑の最中であらう、今、眼の前に現はれたなつかしい母の姿も、この家のさまも、見ることは勿論出来なかつた。このことは、この世の中に熊公と私とだけしか知つてゐるものはない、母はもとより、たれ一人も知らぬのであると思へば、急にもの哀しくなつて、再び涙がはふり落つるのであつた。又、このときくらゐ、母なり人の姿が懐しく思はれたことはなかつた。

このことあつて以来決して、私は永い間、泳ぎといふものをしなくなつてゐた。それだのに、中学時代の血気に魔がさして、「鹹水ならば大丈夫」と意気昂然となつた、土用ま際の一夕、友と二人で稲佐の海を泳いでみた。ところがこの時もひき潮に引かれて危くしくじりかけた。泳げども泳げども、二人は沖へ〳〵と流されるばかりであつた、がこれは間もなくさしかへして来たさし潮によつてとりもどし、まづ濡れ汐たれた友がよろ〳〵と先きに這ひ上り、間もなくつゞいて私も這ひ上ることが出来た。けれども、もうこれで水泳は永遠に私からとりのぞかれてしまつた。いや、私ももう断じて泳がうとはしない。——水神にちかつて。

暖気

深吉野に一冬を越した時、その越したばかりのまだ外の面の景色も冬のままであつた頃、不図かねて心安くしてゐた人が見えて、今日、たいぐくの啼くのを聞いて来た。もうすぐ春が来る、といつて大層楽しさうであつた。このたいぐくといふのは、谷の岸巌《がんがん》の襞のやうなところへ深く潜んで冬眠してゐるのであるが、人間には感じられないほどの陽気を、すでに感じて長い間の眠りから眼を覚まし、ぐぐツ、ぐぐツ、と春告げをする。蟇《がま》だと土深く潜んでゐるのだが、渓流の巌かげとあれば、聞いただけでも清げなものを想像する。

これが未だ蕭殺たる谷間にあつて一番先きに啼くのだから、山人達には嬉しいに違ひない。であるから、これの啼く音を聞かぬ間はまだ仲ゝに暖うはならぬといつて決して冬の構へを解かない。

私は山中にゐる時から此たいぐくといふものに大層興味を有つてゐたけれども、一二句物したばかりで其うち山を出ねばならなくなつたので、つい心にも留めずなつてしまうた。

万葉集によると山上憶良の「惑情《まどへるこころ》を反さしむる歌」として、その長歌の中に「天雲の向伏《むかふ》す極《きはみ》、谷蟆《たにぐく》の、さ渡る極、聞し食す」といふ所に谷蟆といふ文字で出てゐる。同じ集に又、高橋虫麿の「藤原宇合《うまかひ》の西海道節度使に遣はさるる時、作れる歌」として物したこれも長歌の中の一節に「山彦の、応へん極、谷蟇の、さ渡る極」といふ部分があるが之には谷蟇といふ文字で出てゐる。さうしてこの歌の情《こころ》からしてみると仲ゝ雄大な感の起るやうになつてゐる。そして非常に山奥の隅の隅までといふ意味が形容されたやうに用ひられてゐる。

これによつてみても山人のいふたにぐくといふのが、単に谷間で、ぐぐッ、ぐぐッ、と啼くからといふだけで勝手にたにぐくといつたのではなく、たにくぐ（谷屈）といふやうな意味もあつたらうか、兎に角大昔よりある言葉であるといふことが知られる。そして辞書の或物には単に蟇の意に解してあるけれども、矢張り蟇の種類にはちがひなからうが、本来は今言うたやうに、山中に棲む独特のものである。

それから一週間もしてふと一夜、小雨が降つた。あるかなきかの糠雨であつたが、日頃のやうに真闇だと思つてゐたのに出て見ると薄ら明りであつた。よく見ると谷を流るる水さへ見えて来る。月の出る夜頃でもないのに谷懐《たにふところ》が大層明るく思へた。と同時に俄に暖うなつて来て、如何にも立春といふ感じがして来た。雨明り、時明り、海明り、などのあるやうに、山には山で、山明り、谷明りといふやうなものがあるらしい。

それから眼について知らるるものに杉檜の色の変ることである。実に時ゝ刻ゝに変つて来る。

風雪に苛まれ、くすんだ冬の色から、緑と紺に変つてゆく。色強まると、終には花紺色に見えて来る。これはそのくすんだ色がいよいよ枯色になり、それが濃藍の色と入りまじるためでもあらうか。兎に角それに薄霞、濃霞が毎日のやうにかかるので、愈ゝ濃厚に見える。

それからまた奥山の谷の底からたつ朧さは実に何ともいへず好い。夕方からだんだんに濃まさつてたつ朧さ、それが実によい。

むささび（鼯鼠）といへば如何にも優しさうだが、ももんぐわあといふと大変怪物のやうに聞える。けれども之がさうした静かな朧さの中の高い崖の樹の上から黒い風呂敷でも投げたやうに、ぱーッと谷底へ飛び降りる。と、そのあたりの光景が如何にも深山らしく思はれて来る。斯うなると谷間もずんずん暖くなり、軈《やが》て桜の花があちらこちらの杉檜の間から咲くやうにもなる。

深吉野に咲く自然生えの桜は、普通に吉野桜といはれるものと少し異るやうである。弁が誠に大きくて、白い。

桜の花の開く頃から、杉檜の花のたつのも一寸見ものである。近頃は全山の植林が若くなつて昔程ではないかもしれぬが、まだ私の居た時分などには相当盛んに見えた。たたなはる山ゝの、谷ゝの森林の中から黄ばんだ花粉を噴きあげるのであるが、時に仲ゝの壮観を呈する。花曇りの上に、大空が黄ばんだやうにかき曇り、天日を遮るかと思ふこともある。

陽春の暖気に漸く慣れた頃には、河内の瀬波の上へ、すでに鮠《はや》が跳ねあがるのである。

右は紀州和歌山より紀の川を二十五里上流、かの花の吉野山より更に四里上流の、深吉野、象《きさ》の小川とうたはれた小《を》の里《むら》（彼の万葉の小牟漏《をむら》なりしといふ）の、二十年ばかし以前の季候の変り目の話である。たいいにぐくにせよ吉野桜にせよ、こんなことで多少の文献ともならば幸ひである。

荻の橋

一日の用をはたして漸く燈火《ともしび》を明るくして、調剤服を袷に着かへ、兵児帯を後ろでだらりとむすんだ平常の姿にかへる。安堵といふ心持である。かかる時身にしみて感じられるのは秋の静かさである。

夜は昼に増した静かさになつてくる。

月のよい晩などはじつとしてをられなくなる程、なにがなし唆のかされて、書をよむ心地さへしなくなる。さういふ時に私はよく尺八をもつて裏の橋へ出かけたものだ。

私の住んでゐた一つ家の裏の畑と其脇の畑との間の小路を二十間許りもつまさき下りに下りると、あちらこちらと大岩の転がつてゐる谷川へ出る。谷には八九間もある杉の大木の縦に真つ二つに挽かれたものを、流れの真中の低い蛇籠《じやかご》へつぎがけにして橋としてあつた。

この橋を昼見ると

空山へ板一枚を荻《をぎ》の橋

といふ風情である。が夜の月に出て見ると全く変つた景色に見える。一眺めのうち、月光によつて長く白く見ゆるものは、只此橋のみで、他はすべて月光のうごきの中の色にある。

私はその橋の真中に立つて静かに尺八を吹奏することが甚だ嬉しかつた。

谷川の下の方を眺めると、上み手から流れ込んで来る瀬の水が、すぐ足下の橋をくぐつて、そこらに転つてゐる岩と岩とにぶつかりつつ白波を立てる。それが更に深い淵瀬をつくり、又更に拡がつて幅の広いうねりの瀬ともなり、而も月の光を浴び乍らはるばる山と山との間へ流れて行く。

川の上み手を見ると杉檜の森の峰が鋭く突立つて、屏風をたてたやうであるが、それが月影を得て、どす黒く影を瀬の上へ落してゐる。

左手の山は、川より少し退いて地ふところをなし、そこへ月光をまんべんなく浴びせてゐる。

斯うした山間ひの月光の中に、私の一軒家が、いとも小さく川岸の藪越しに見えてゐる。

山上の家、麓の家の燈火はほんの一つ二つ、三つぐらゐしか見えない。そのちんがりとした灯によつて、四方山又山の谷間の光景は実に眠れるが如きである。

しばらくさうした月光を浴びて白く照らされた板橋の真ん中に立つて、じつとしてゐると、川の上み手、橋のほとり、川の下手にむせぶ水音はとうとうと、或は淙《そう》ゝとして自分を包んでゐるやうである。全く目に月光の天地、耳に谷の水音ばかりの世界のやうな心地である。

私はさうした静かな光景の中に尺八の歌口を唇に当てて静かに吹奏するのであるが、初めはいくら力を入れて吹いても、鼕《とう》ゝ淙ゝと響く水音によつて、ちつとも尺八《たけ》の音が引きたたない。引きたたないといふより、むしろ聞えない、といつた方が適切であらう。私はこんな時、更に面てを少し上へあげ気味に、目を瞑つた儘、胸一ぱいに尺八を吹きこむのであるが、暫くすると、それでもいくらかづつ尺八の音がかぼそく聞えてくるやうに思へる。

そこではじめて節あるものに移るのである。

節あるものといつても、習ひかじりの本曲は忘れてゐるし、いいものは譜本によらねばならぬし、そこで、弦曲でもなく、追分ともつかぬ、全く夢の曲とも、うつつの曲ともつかぬ、其様な節。

只或は低く、或は高く、或はまた長く曳いてみたり、短くとめてみたりして心のまま、指の動くまま、息のはいるままに吹奏するのであつた。

さうするうちに不思議にもだんだんと音が調つて聞え出して来る。耳を蔽ふ程の水音も次第次第に低くなつて、今度は只自分の吹く尺八の音色のみが冴えて聞える。その音色こそ、実に一切の物音のほかにたつてゐるやうであつた。もし、かかる時眼を静かに開くならば、恐らく月光を浴びた一管の竹の上に、私の指は無意識に躍り動いてゐたことであらう。一曲終る毎に涶と露がたらたらと竹から流れ落ちる。私の衣服の前をぬらし、月に明るい橋の上をもぬらす。

そこまでくると私は吹きやめるのが常であつた。やがて眼をひらくと、まこと月光は秋其物の色に、谷を流るる水音は源ゝとして再びもとのありさまにかへる。峰巒《ほうらん》の麓に架る板橋の上に取り残されたやうに我れにかへつた私は軈て孤影淋しく自分の寝屋《ねや》さして帰つてゆく。

これは今より十五六年も前の吉野山時代の想出である。

二枚のはがき

高商を卒業するや直ちに渡台して二ケ年半も彼の地に居た予生君が帰つて来た。そして次のやうなハガキを突然私にまで呉れた。

前略「十八日に着京いたしました。台湾に居るときは内地といふ事が一つの対象で、郷里も東京も区別がなく、内地に戻ればみんなに会へるかのやうな気が致し、いざ内地に着くと急に東京が遠い所にあるやうな気が致し、東京に来ると友達やお訪ねしたい方ゝが散在してゐて足の向けやうがないやうな気が致して殆んどどちらへも御無沙汰してゐます。其うちお訪ね申上ます」云ゝと。

それから数日経つと昨冬慈母に逝かれ、今春たつた一人の愛児に亡くなられた弁護士鈴木晴亭君が郷里浜松から次のやうなハガキを呉れた。

前略「此頃は事務用にて旅行ばかり致居候、雛をとられた鶏の親が、ぢきに忘れて又あたりまへの鶏になつてゐる愚かしさを思ひて、怎《か》うして働いてゐることがなかなか情けなく候。

今は浜松に居り候。今晩姫路へ参り、二十三日一先づ帰京の予定に有之候、久し振りに拝面致度と存居候（七月二十一日）」といふのである。

此位のことは誰しもと思へるけれども、私は今此二枚のハガキを眼のあたり見るにつけ、今更のやうに限りなき人生の淋しさ、といつたやうなものを味ふ。

私は渡台する前の活〻した学生であつた予生君を知つてゐる。又妻帯しない前の何等身に悲事の無かつた頗る幸福な鈴木晴亭君をも知つてゐる。そして二年半も経たないうちに共に斯様な淋しいことを言つて寄越されるとは夢にも思はなかつたことだ。

今仮りに台湾から横に直線を引いて本州と結びつける。そして本州から台湾を考へると此直線は随分長い直線である。

　所が台湾から本州を考へる時、本州から台湾を一箇の甘藷ほどに考へる、そんなに遠い距離とも思はれない。懐しい東京も恋しい郷里も皆一緒に大きく考へられ、そこに親族や知人が一塊りとなつて、みんなでこちらを見守つてゐるやうにも思はれるであらう。が併しさう迄懐しく思つてゐた本州も、愈〻帰途について見ると仲〻に遠い。やうやつとの思ひで郷里へ着いて見ると郷里より東京へこれも随分遠い。足指を立てて延び上つて見ても見える筈のものでもなければ呼んでも応へのあらう筈はない。それでも東京へ行つたら皆んなが屹度《きつと》私《わし》を待つてゐて呉れるに違ひない。東京へ着けばヤア、オオと一緒に皆と笑顔が交される。と思つてさて東京へ来て見ると、そこには誰れも居やしない。皆あちらこちらと散在してゐて各〻自分のことと丈けのことしか仕てゐない。

全く足の向けやうもないではないか。予生君が、「どちらへも御無沙汰してゐます」と言つたのはほんとうにさうであらう。晴亭君だつてさうである。一度たりとも涙など見せたことのなかつた晴亭君が流石に慈母の病が不治と決つた時には、眼を真赤にして、子供のやうに悲しがつてゐた。間もなく逝かれた時はさこそと思ふ。

それが二三ケ月経つて再び元の晴亭君にかへつたと思ふと、今度は慈母が自分にわかれたやうな悲しみで天にも地にもない一人の幼児に別れねばならなかつた。其悲歎、追憶の情はとても他人の想像だもすることの出来ぬ程であつたらう。慈母――晴亭君――幼児と此三つを結びつけて、今度は縦に直線を引いて見ると、其線も、子が親に別れた時の悲歎は一生忘れまいと誓ふほどの永遠にも近い長さであつた。所が今度ひとり子に逝かれて見ると、親が子に別れた時の悲歎は、子が親に別れた時の悲歎に増した(?)悲しみであらねばならなかつた。

此直線の方がずつと深くて遠かつた。晴亭君は幾度か斯ることどもを思ひ出しては眼を赤くして泣いたことであらう。しかしここにどうにも届せねばならぬものがあつた。それは例へば無慈悲なしんらつな「業務」といふ爺であつた。

此爺が責任といふ利刀《りたう》をもつて、其永遠に繋がるべき直線を盛んに切りまくる。折角の長い糸すぢもそれが為にざつくばらんに切断されてしまひ、永遠に通ふ糸すぢも亦二三ケ月にして縮こまつてしまふ。雛をとられた鶏の親がすぐ忘れて再たもとの鶏に還つてしまふやうに。

晴亭君は「恁うして働いてゐることがなかなか情けなく候」と言つて寄越した。誠にこれも晴亭君の本音に外ならなかつた。予生君が横への直線も、晴亭君の縦への直線も、みんな「距離」とか「時間」とかいふ魔法使があらはれて、化学者や物理学者が物を実験するやうに、直ちに人間の心を離合せしめてしまふ。それは予生君が曾つて東京を去り、遠く台湾へ発つて行く時の離別の情も、晴亭君が、親に別れ、子に別るるの切なる悲歎も皆さうしたものによつて忘れられてしまふ。

人生にこれほど淋しいことが又とあらうか。

前田普羅（まえだ　ふら）

明治十七年、東京に生れる。早大英文科に学んでいたのを中途で退学する前後から俳句に勤しみ、「ホトトギス」に投句を始めるや、短時日に頭角を現し、村上鬼城、飯田蛇笏、原石鼎らと虚子門の四天王とも称されるが、報知新聞の記者としてあった大正十二年、横浜で関東大震災に遭い、翌年特派員となって富山市に赴いたところ、そのまま同地に住みつく成行となり、報知新聞社を退社する昭和四年から「辛夷《こぶし》」を主宰した。裏日本の厳しい風土に身を潜め、山岳に心を寄せる虔恭な自然詩人の貌は同五年に刊行の「普羅句集」にすでに描き出され、同十八年の「春寒浅間山」で円熟味を加えるが、戦後は、独居して諸所を転々とするなかで同二十九年歿。

原　石鼎（はら　せきてい）

明治十九年、島根県に生れる。中学生の頃から作句し、はじめ家父と同じく医を業とすることを志したが、それを遂げるには文学に懸ける熱の抑え難く、半ば放浪するようにして吉野の山中に、また米子に在る間に句境を深めては「ホトトギス」に佳作を投じ、虚子をして「豪華、跌宕《てつとう》」と言わしめた。大正四年、上京して「ホトトギス」の編集に従い、その後東京日日新聞社に入社して俳句欄を担当するうち、同六年「鹿火屋《かびや》」を主宰するようになるが、やがて健康を害するに至ったのが、昭和十二年に句集「花影」を出版してから次第に篤く、居を湘南に移して療養を専らとした生活を送る。戦後の同二十三年「石鼎句集」を刊行し、同二十六年歿。

近代浪漫派文庫 22 前田普羅 原 石鼎
二〇〇七年三月十二日 第一刷発行
著者 前田普羅 原 石鼎／発行者 中井武文／発行所 株式会社新学社 〒六〇七―八五〇一 京都市山科区東野中井ノ上町一一―三九
印刷・製本＝天理時報社／DTP＝昭英社／編集協力＝風日舎
ISBN 978-4-7868-0080-1
落丁本、乱丁本は左記の小社近代浪漫派文庫係までお送り下さい。送料小社負担でお取り替えいたします。
お問い合わせは、〒二〇六―八六〇二 東京都多摩市唐木田一―一六―二 新学社 東京支社
TEL〇四二―三五六―七七五〇までお願いします。

◉近代浪漫派文庫刊行のことば

文芸の変質と近年の文芸書出版の不振は、出版界のみならず、多くの人たちの夙に認めるところであろう。そうした状況にもかかわらず、先に『保田與重郎文庫』(全三十二冊)を送り出した小社は、日本の文芸に敬意と愛情を懐き、その系譜を信じる確かな読書人の存在を確認することができた。

その結果に励まされて、専ら時代に追従し、徒らに新奇を追うごとき文芸ジャーナリズムから一歩距離をおいた新しい文芸書シリーズの刊行を小社は思い立った。即ち、狭義の文学史や文壇に捉われることなく、浪漫的心性に富んだ近代の文学者・芸術家を選んで四十二冊とし、小説、詩歌、エッセイなど、それぞれの作家精神を窺うにたる作品を文庫本という小宇宙に収めるものである。

以って近代日本が生んだ文芸精神の一系譜を伝え得る、類例のない出版活動と信じる。

新学社

新学社近代浪漫派文庫（全42冊）

❶維新草莽詩文集
②富岡鉄斎／大田垣蓮月
③西郷隆盛／乃木希典
④内村鑑三／岡倉天心
⑤徳富蘇峰／黒岩涙香
⑥幸田露伴
⑦正岡子規／高浜虚子
⑧北村透谷／高山樗牛
⑨宮崎滔天
⑩樋口一葉／一宮操子
⑪島崎藤村
⑫土井晩翠／上田敏
⑬与謝野鉄幹／与謝野晶子
⑭登張竹風／生田長江
⓯蒲原有明／薄田泣菫
⑯柳田国男
⑰伊藤左千夫／佐佐木信綱
⑱山田孝雄／新村出
⑲島木赤彦／斎藤茂吉
⑳北原白秋／吉井勇
㉑萩原朔太郎
㉒前田普羅／原石鼎
㉓大手拓次／佐藤惣之助
㉔折口信夫
㉕宮沢賢治／早川孝太郎
㉖岡本かの子／上村松園
㉗佐藤春夫
㉘河井寛次郎／棟方志功
㉙大木惇夫／蔵原伸二郎
㉚中河与一／横光利一
㉛尾崎士郎／中谷孝雄
㉜川端康成
㉝「日本浪曼派」集
㉞立原道造／津村信夫
㉟蓮田善明／伊東静雄
㊱大東亜戦争詩文集
㊲岡潔／胡蘭成
㊳小林秀雄
㊴前川佐美雄／清水比庵
㊵太宰治／檀一雄
㊶今東光／五味康祐
㊷三島由紀夫